CUORCODE

Emanuel Ceruti

Resta cu' me

CAIRO

ISBN 978-88-309-0435-4
Prima edizione: novembre 2024

RESTA CU' ME

1

8:30. *Bzzz. Bzzz.*

Lo smartphone faceva a cazzotti con il comodino. La vibrazione aveva l'effetto di un terremoto sullo smartphone: un oggetto così decisivo per le vite di ognuno, eppure così leggero... tanto leggero da rischiare che si schiantasse per terra.

Bzzz.

No, per favore, non adesso, mentre quel sogno era così bello, importante, necessario e reale da assomigliare in tutto e per tutto alla vita vera. Sì, perché ci sono due tipi di sogni: quelli *sbagliati*, che ti fanno tirare un enorme sospiro di sollievo quando apri gli occhi ancora divorato dalla loro forza e ti accerti incredulo che siano passati, quelli in cui provi a gridare con tutta la tua voce ma non te ne esce nemmeno un filo, quelli in cui vorresti fuggire ma hai le gambe immobilizzate, quelli in cui tenti di uscire da un loop che ti fa ritrovare sempre allo stesso, maledetto punto. Ed è solo quando finalmente apri gli occhi – come se qualcuno premesse il tasto stop – che realizzi che si trattava di *nu' cazz e' incubo* ma, anche se ancora sei sconvolto e turbato, ti senti quasi euforico all'idea che tutto sia finto.

Poi ci sono i sogni dai quali non vorresti mai risvegliarti perché ti portano in posti dove non potrai tornare mai più, a riascoltare la voce di qualcuno che non sentirai mai più e che lì – solo lì – torna a essere così *reale*, così tanto da poterla toccare, quella voce, quella figura, quella persona che non c'è più.

Eppure, anche quei sogni finiscono, faresti di tutto per poterli fare ripartire ma il tasto non c'è.

Allora, cos'è che fa più male? Vivere un incubo o un sogno irrealizzabile?

Bzzz. Bzzz.

Si era costretto ad aprire leggermente gli occhi per intercettare il telefonino, la fonte di quel rumore insistente e fastidioso.

Aveva distinto a malapena la scritta «ritarda» sul display che gli appariva ancora sfocato. Il sonno gli annebbiava la vista, i sensi e ogni altra funzione cognitiva. Probabilmente stava ancora dormendo e non lo sapeva. Dal letto aveva allungato a fatica il braccio verso il comodino per toccare con il dito la scritta e richiudere immediatamente gli occhi.

Era convinto che riaddormentandosi subito sarebbe riuscito a riprendere il sogno lì dove si era interrotto, come succede con le serie tv.

«Ciro…»

No, no… doveva riaddormentarsi, era fondamentale.

«Ciro, ti devi alzare, lo sai...» sussurrava dolcemente una voce femminile.

Ciro in risposta si era lasciato andare a un enorme sbadiglio e si era tirato le coperte sopra la testa come un bambino al mattino quando la mamma lo sveglia per andare a scuola.

«Ciro...»

Ciro sbuffava. «Eddai, non lo puoi fare tu il caffè per una volta?» si era lamentato. Non ottenendo alcuna risposta, aveva tirato fuori la testa per sbirciare la figura sdraiata al suo fianco. Lei, Sara, non gli aveva restituito lo sguardo perché fingeva palesemente di dormire. Alla vista del suo viso delicato, incorniciato dai folti capelli ricci e castani, Ciro non riusciva a provare fastidio neanche per un momento. In realtà c'erano tante cose che, appena sveglio, avrebbero potuto infastidirlo: quando lei gli sfiorava la gamba con i piedi congelati, quando si tirava le coperte tutte dal suo lato, quando pretendeva di dormire sul suo braccio atrofizzandolo completamente o quando lui si ritrovava uno dei suoi capelli in bocca... Ma per lui tutte queste cose andavano bene e racchiudevano la loro intimità, altro che fastidio. Sapevano di normalità, sicurezza, e della certezza che lei fosse lì, ancora per un altro giorno insieme a lui.

Aveva già capito da un po' che l'amore più profondo era quello in cui i difetti non solo si accettano ma si comprendono e, anzi, addirittura si cercano. Amare le cose perfette era quasi noioso... l'amore di cui viveva Ciro, invece, si crogiolava in quei piccoli difetti che parlavano di complicità e quotidianità. E, a proposito di cose quotidiane, preparare il caffè era il rito che spettava a lui.

«Va bene… ora vado» aveva annunciato, e un sorriso si era aperto sul volto di Sara.

Ciro si era alzato con molta lentezza, stropicciandosi gli occhi e stiracchiandosi con la stessa leggiadria di un gorilla nella foresta. Si era trascinato a fatica verso il bagno per lavarsi la faccia in modo da svegliarsi e ricollegarsi al mondo. Anche quel gesto lo associava alla sua rassicurante routine… certo, non era molto il tragitto da fare.

L'appartamento che condivideva con Sara non era grande, ma la prima volta che l'avevano visto era stato un vero colpo di fulmine, esattamente come quello che lui aveva avuto per lei.

Si sa, ci sono quelli che sostengono che l'amore a prima vista non esiste e quelli che si preparano a incontrarne uno ogni giorno. Di sicuro, quando era successo a lui era l'ultima cosa alla quale pensava, che forse è la condizione migliore per farlo accadere.

Allo stesso modo, quando lui e Sara avevano deciso di andare a vivere insieme, non si immaginavano che la casa giusta si sarebbe materializzata davanti ai loro occhi dopo tante visite finite male.

Il quartiere che ospitava il loro nido d'amore era il Sanità, un rione popolare incastonato nel cuore della città come un diamante in un gioiello. Lì si respirava la vera Napoli, come la Corte dei Miracoli nella Parigi di un tempo… tra quelle viuzze, in mezzo ai fili di magliette e calzini stesi che sembravano decorare il cielo come le luci natalizie, su ogni ruga del viso delle donne anziane sedute fuori al loro *vascio* – i famosi pianterreni napoletani – ci si sentiva nel cuore pulsante della città. Era un quartiere dove si entrava automaticamente a far parte della famiglia, come era successo in poco tempo a Sara e a Ciro, con la vicina di casa detta «la signora *affianco*» e il fruttivendolo giù al palazzo, diventati presto gli zii dei due giovani ragazzi che – essendo pure belli ed educati – non avevano faticato molto a guadagnarsi l'affetto dei residenti...

Al Sanità le case costavano molto meno rispetto a quartieri come il Vomero, e poi lì tutto aveva un'anima... i profumi, i colori, le voci... tutto sembrava uscire dalla fantasia e dalle matite di un disegnatore della Disney, o almeno così si dicevano Ciro e Sara, che con i cartoni della Disney ci erano cresciuti e che erano consapevoli di avere nei loro occhi un filtro che romanticizzava anche gli angoli più abbandonati di quel quartiere... Era come se ogni persona e ogni oggetto contribuissero a esprimere la quintessenza della napoletanità, ma senza risultare artefatti. Tutto, lì, appariva genuino e verace.

La casa che condivideva con Sara, che stava insieme a lui da quasi sei anni, non era molto grande, ma aveva gli spazi che servivano a due ragazzi giovani alla prima esperienza di convivenza. Quella scelta era stata senza dubbio un grande passo che avevano affrontato con lo spirito di adattamento tipico di due giovani motivati a stare insieme e che aveva permesso a entrambi di superare timori e piccoli ostacoli.

Le stanze più vissute erano la piccola cucina, il salottino accogliente dove mangiare e ospitare gli amici anche per una notte, all'occorrenza, su un comodo divano letto e, naturalmente, la loro camera, tanto spoglia quanto intima, con quella finestra che – affacciata sulla città – sembrava il loro telescopio sul mondo.

A completare la pianta della casa anche un ripostiglio – ribattezzato da Ciro «il mondo di Narnia» perché esplorarlo poteva condurre a universi sconosciuti fatti di oggetti e pezzi accumulati, con il rischio concreto di esserne seppelliti aprendo la porta con troppa sicurezza – e poi uno studiolo, dove Sara si perdeva nel suo mondo sognante.

Lei, in effetti, era un fiume in piena di pensieri che spesso non riusciva a contenere. Ogni tanto doveva rifugiarsi in se stessa, estraniarsi dal mondo per mettere in ordine il suo, di mondo, che occupava la sua testa un po' contorta, di certo complessa.

Quello che l'attraversava era un flusso incessante di emozioni di chi vedeva e viveva l'universo con una sensibilità ed empatia diverse dalla gente comune. Da un lato – quello più romantico – avrebbe voluto abitare nel mondo delle favole a lieto fine, dall'altro si ritrovava a domare un animo tormentato che le ricordava come la realtà non assomigliasse per niente alle storie che le raccontavano da piccola prima di andare a dormire.

Forse il suo sogno di diventare medico arrivava proprio dal senso di impotenza davanti alle ingiustizie del mondo e al tempo stesso dall'idea che anche una goccia nel mare potesse fare la differenza per qualcuno. Quella goccia era il suo motore: quella goccia poteva essere lei.

Il «tour della casa» portava infine al bagno, completamente occupato da Sara che aveva lasciato a Ciro solo lo spazio per appoggiare una vecchia tazza del Napoli per lo spazzolino e un angolino sulla mensola per il suo deodorante.

L'appartamento era arredato soprattutto con mobili Ikea di cui sia Ciro che Sara oramai sapevano i nomi in svedese, dopo averli studiati sul catalogo e averli montati insieme concedendosi di perdere qualche pezzo qua e là, ma senza che il risultato finale ne risentisse, o almeno così si raccontavano. Il loro tocco personale, però, non mancava, per esempio sulle locandine alle pareti scovate da Sara su Instagram e che incorniciavano i versi di alcune tra le canzoni italiane più famose di sempre: Sara aveva scelto *Ciao amore, ciao* di Tenco perché sua madre gliela cantava sempre da bambina, mentre Ciro *Non l'hai mica capito* di Vasco, che era il cantante preferito di suo padre. E se era stato bello omaggiare i genitori con le loro canzoni del cuore che conoscevano dall'infanzia, i due ragazzi avevano trovato il modo di fare spazio anche a uno dei loro artisti preferiti, Geolier, scrivendo e incorniciando un suo verso sopra allo specchio dell'ingresso: «*Me guard rint' 'o specchio e po nun veco niente*», una frase che avrebbe scoraggiato qualunque attacco di vanità.

Un'altra superficie personalizzata era quella del frigorifero, con le foto di loro due tenute ferme dai magneti più kitch scovati in giro con il contributo anche di amici e familiari.

Ma per trovare la vera anima della casa bisognava arrivare al piccolo studio. Oltre allo scrittoio in legno e alla libreria che apparteneva al nonno di Sara, infatti, era tutta la stanza ad avere un sapore retrò, grazie soprattutto al vero pezzo forte: un caminetto in muratura ancora funzionante e pronto, con la sua piccola fiamma, a riscaldare i sogni di Sara e ad alimentare l'ispirazione di Ciro.

Dopo la laurea in Scienze politiche, infatti, lui aveva deciso di tentare la strada del giornalismo. Sapeva quanto difficile e incerto fosse quel percorso, soprattutto in un momento storico in cui i giornali di carta stavano scomparendo e la figura del giornalista perdeva sempre più credibilità e prestigio... non a caso né i suoi genitori né il suo relatore di tesi lo avevano incoraggiato. Eppure, era stato proprio il suo argomento di tesi a fargli capire che non accontentarsi dello stato delle cose ti faceva spostare l'asticella sempre più in alto, alla ricerca della verità. L'unica a credere veramente nel suo sogno era stata Sara, che l'aveva visto perdersi nelle sue ricerche notturne on line, sui faldoni presi in prestito dagli archivi giudiziari o immerso nei podcast d'inchiesta che ricostruivano i tanti casi di malagiustizia italiana...

Lei, a sua volta, aveva sempre saputo quello che voleva fare: «il medico dei bambini», magari provando a curare anche quelli che non ne avrebbero avuto né il diritto né la possibilità, come nelle periferie della città e del mondo. Prima di raggiungere il suo traguardo, però, Sara doveva ancora concludere la specializzazione e così, tra un turno in ospedale da tirocinante e un esame, era in quella stanza che si rifugiava per ritagliarsi un piccolo spazio di solitudine e quiete, e leggere davanti al fuoco, sulla vecchia poltrona ereditata dalla nonna, i suoi romanzi preferiti, quelli che solo a un occhio distratto potevano sembrare «d'amore» ma che in realtà nascondevano tanto altro.

Il suo preferito sin da ragazzina era *Orgoglio e pregiudizio* di Jane Austen, che non si stancava mai di rileggere ogni volta che voleva ritrovare l'ironia e l'acume dell'autrice, così come le farfalle nello stomaco per una delle dichiarazioni d'amore più indimenticabili della letteratura, quella di Mr Darcy a Elizabeth. Insomma, quella casa, in fondo, raccontava la loro storia d'amore: una relazione giovane ma solida come i «vecchi tempi» e basata su valori antichi.

Ciro aveva superato la porta del piccolo studio e raggiunto finalmente il bagno, puntando dritto verso il lavandino. Lasciava scorrere l'acqua fredda e intanto cercava di mettere a fuoco il suo riflesso nello specchio. Aveva un suo personalissimo rituale per svegliarsi: sciacquarsi la faccia tre volte con acqua gelata. Quella mattina, però, per motivi che non riusciva davvero a comprendere, gli andava di aspettare che l'acqua diventasse calda e lo risvegliasse più dolcemente dal sonno che ancora lo appesantiva.

Nell'attesa era riuscito finalmente a riconoscersi allo specchio, che gli aveva restituito il suo volto sottile e spigoloso e quegli occhi neri e profondi che, nonostante fossero rossi per il sonno, risultavano gentili.

In quel momento finalmente Ciro si era riconnesso al wi-fi della vita sul pianeta Terra. Istintivamente si era passato una mano tra i capelli neri che si drizzavano in punti improponibili, mentre cercava invano di appiattirli. Si formava sempre una piccola cofana che gli dava il tormento fin da quando era piccolo, e che ogni volta gli ricordava che avrebbe dovuto tagliarsi i capelli più spesso… ma era troppo pigro anche per andare dal barbiere: le attese lo annoiavano a morte e preferiva aspettare che la situazione diventasse ingestibile. In ogni caso, sempre meglio qualche capello ribelle che fare la fine dei suoi parenti e di suo fratello più grande, che qualche giorno prima era volato in Turchia per un trapianto. Comunque, si ripeteva che ci avrebbe pensato dopo ai suoi capelli, anche perché in quel momento era totalmente inerme… sembrava che avesse lasciato tutta la notte le dita nella presa della corrente.

Aveva chinato il capo verso il lavandino, pronto a bagnarsi il viso. Aveva tirato un sospiro per prendere coraggio, raccogliere l'acqua con le mani e…

Bzzz. Bzzz.

La sveglia che aveva ritardato risuonava con prepotenza dal cellulare che aveva lasciato sul comodino. Aveva alzato gli occhi al cielo sbuffando.

Bzzz.

«Sara!» aveva urlato mentre l'acqua continuava a scorrere tra le sue mani.

Bzzz.

«Sara, la sveglia!» aveva urlato ancora, con la voce che finalmente stava recuperando una tonalità decente ed era meno impastata...

Bzzz.

Aveva imprecato sottovoce e chiuso il rubinetto. Pochi istanti dopo aveva raggiunto la camera da letto gocciolando acqua sul pavimento.

Bzz.

«Sara, ma non sent...» aveva detto, ma lei dormiva profondamente dopo essersi addormentata per la seconda volta, con tanto di bocca spalancata e rivolo di bavetta che le scendeva lungo il mento. Possibile che si fosse assopita di nuovo così profondamente nel giro di pochi minuti? Ancora una volta non riusciva a provare il fastidio che una situazione del genere avrebbe potuto scatenare istintivamente.

Si era affrettato a interrompere la sveglia prima che il suo suono potesse definitivamente mettere fine al sonno di Sara. Magari anche lei stava cercando di restare nei suoi sogni... oppure stava facendo lo stesso sogno di Ciro. Non si ricordava chi, recentemente, gli avesse raccontato di un libro «distopico romantico» in cui i due protagonisti si incontravano nello stesso sogno e da lì riuscivano finalmente a vivere la loro storia, salvandosi da un mondo che stava andando a fuoco. L'aveva trovato originale e intrigante, ma non ne ricordava il titolo.

Si era avvicinato lentamente alla sua ragazza con l'intenzione di lasciarle un bacio sulla fronte. Aveva le labbra giusto a un centimetro dal suo viso...

«Prima il caffè!»

«Lo sapevo che eri sveglia, bradipo!» aveva esclamato Ciro, e si era ritirato immediatamente senza riuscire a soffocare una risata.

Finalmente anche Sara aveva aperto gli occhi e puntato il suo sguardo intenso verso di lui.

«Prima caffè, poi ti lavi i denti, e dopo bacio, lo sai.»

«E poi...»

«Non ci provare... è tardi!»

«Lo so, lo so» aveva concesso Ciro.

Sara aveva sorriso, e in quel momento Ciro si era reso conto che nessuna sveglia avrebbe mai potuto separarlo da quel sogno così bello e reale.

2

Che poi, tardi per cosa?

Ciro, un po' per il sonno, un po' perché era smemorato di suo, non si ricordava proprio che impegno avesse quel giorno.

Doveva essere qualcosa di spiacevole, perché solitamente le cose belle se le ricordava. Faceva parte del suo modo di essere spensierato e svagato, da molti confuso per immaturità. In realtà, a volte forse un po' immaturo lo era… ma perché non gli andava di affrontare i problemi nel momento esatto in cui si presentavano. «Rimanda a domani quello che potresti fare oggi» in fondo avrebbe potuto essere un suo motto, da vero procrastinatore seriale quale era… pur sapendo che il momento giusto per risolvere i guai non arrivava mai. Quindi, in sostanza, immaturo «per scelta». Di sicuro non era la maniera migliore di reagire alle sfide della vita, ma era l'unica praticabile per lui.

Probabilmente quell'impegno che non riusciva a ricordare rientrava tra le cose che non era pronto ad affrontare. Non aveva chiesto aiuto a Sara per evitare il suo classico *nontiricordimainiente!*, così aveva rovistato nella sua memoria in cerca di qualcosa… ma sembrava tutto così annebbiato!

«Caffè! Ci vuole una damigiana di caffè…» si era detto.

Aveva staccato a fatica lo sguardo da Sara, che intanto aveva preso il telefonino e scrollava la home di Instagram, immergendosi nel mondo virtuale dalla realtà filtrata, con lo sguardo vagamente ipnotizzato. In fondo era un po' quello che succedeva a lui quando fissava la sua ragazza da «inguaribile romantico» quale era, quasi da sembrare di un'altra specie rispetto a tanti ragazzi della sua età… Per questo, per non cadere in quella dimensione sospesa che tanto lo attraeva, si era allontanato e aveva raggiunto con passo più svelto di prima la cucina. Ed è lì che, con mani sapienti seppur giovani, Ciro aveva dato inizio al sacro rito della preparazione del caffè napoletano, così come glielo aveva insegnato nonno Mario, suo mentore da sempre in campo di usi, costumi e tradizioni della sua terra.

Aveva svitato la caffetteria, riempito la caldaia con l'acqua fino al segno della valvola, inserito il filtro a imbuto e messo dentro il caffè a cucchiaiate fino a farlo debordare leggermente. Aveva richiuso con il bricco e stretto forte, fino a far aderire perfettamente le due parti. Aveva acceso il fornello a fuoco lento e ci aveva appoggiato delicatamente la caffettiera: poi aveva aspettato.

Nel compiere quei gesti, si era reso conto di come preparare il caffè a Napoli fosse un po' come coltivare una relazione d'amore. All'inizio è tutto vuoto come la caldaia e bisogna riempire quello spazio con emozioni, gesti, prime volte, momenti da ricordare... senza esagerare, però, altrimenti – come si suol dire – «il troppo storpia». Il filtro rappresentava un po' la presa di coscienza che l'infatuazione è diventata relazione. In altre parole, nello spazio oramai colmo di emozioni, quel filtro immette le responsabilità, i sacrifici, le rinunce. Se il filtro delle responsabilità non causa la fuoriuscita dell'acqua delle emozioni vuol dire che la relazione ha basi solide, degne di essere cementificate, e allora... vai di caffè! Caffè che rappresentava il tempo che passa: ogni anno un cucchiaino. E solo quando è passato abbastanza tempo da certificare che quello è davvero amore si può consolidare la relazione e stringerla stretta che più stretta non si può... sennò il caffè viene una *ciofeca*.

Che poi, quell'atto di stringere forte rappresentava quasi la forza dei ricordi quando si fissano nella memoria e nel tempo, diventando parte di noi e della nostra storia.

L'ultimo passaggio restava però fondamentale: mettere tutto sul fuoco, lento e costante, perché ogni amore va alimentato sempre, fino a quando sboccia definitivamente, fino a quando «sale»... come il caffè.

E così era successo quella mattina. Il caffè era salito accompagnato dal suo proverbiale rumore e dal suo inconfondibile odore, risvegliando Ciro dai suoi pensieri romantici. Aveva messo due cucchiaini e mezzo di zucchero nella moka e girato lentamente. Poi aveva versato il caffè in due tazzine. Ci aveva messo anni per convincere Sara a prendere il caffè zuccherato. Lei era della scuola di quelli per cui il vero caffè si assapora amaro. Ciro, invece, era del pensiero che la vita era già fin troppo amara per non concedersi di zuccherare il caffè. E, per una volta, aveva vinto la sensibilità sulla razionalità.

Con tanta dolcezza, quindi, stava per poggiare le tazzine su un vassoio quando il suo cellulare aveva vibrato di nuovo, e stavolta non si trattava della sveglia. Aveva letto il WhatsApp appena arrivato dal suo amico Rolando: «Passo a prenderti alle 11». Improvvisamente aveva avvertito un macigno sul petto e lo stomaco attorcigliato: si era ricordato tutto.

Ecco cosa doveva fare quella mattina, ecco cos'aveva rimosso nella dimensione semi-onirica, l'unica dove poteva vivere una realtà parallela e fingere che il presente fosse reversibile.

Il suo umore si era stravolto nello spazio di un attimo.

Aveva messo una sola tazzina sul vassoio e si era avviato con passo svogliato verso la camera da letto.

Aveva appoggiato la tazzina sul comodino e voltato le spalle alla sua ragazza, che gli sorrideva.

«E tu? Niente caffè? Come pensi di svegliarti, senza?»

«No, stamattina no. Ce la faccio» le aveva detto, ed era uscito subito dalla stanza.

3

Doveva vestirsi e non aveva alcuna voglia di farlo.

Aveva iniziato a uscire e a entrare dalle stanze senza fare nulla, cercando cose di cui non aveva bisogno. L'aria si era fatta improvvisamente pesante, il silenzio assordante e i muri delle stanze troppo opprimenti.

Voleva scappare via e al tempo stesso restare fermo per sempre nello stesso momento. Sapeva che qualunque cosa avesse fatto lo avrebbe portato all'orario scritto in quel messaggio. Il problema era che doveva attenderlo come si fa con un'esecuzione al patibolo, un vero *dead man walking*: vivo ma diretto alla sua condanna inesorabile.

Una delle cose che lo scocciava di più era dover indossare il vecchio vestito elegante che non metteva da un secolo. Non ricordava nemmeno in quale armadio lo avesse riposto e stavolta doveva per forza chiederlo a Sara; perciò, era tornato con passo lentissimo in camera, dove aveva trovato la sua ragazza seduta sul letto con lo sguardo torvo.

La tazzina di caffè ancora fumante giaceva dimenticata sul comodino. Nonostante gli occhi arrabbiati, Sara era bellissima. I capelli arruffati e la faccia stanca esaltavano la sua bellezza naturale, la t-shirt che aveva addosso era talmente larga da lasciarle scoperta una spalla, dettaglio che la rendeva incredibilmente sensuale. Quella maglietta era diventata presto un feticcio per lei, il suo personale portafortuna, e quindi difficilmente se ne separava... Era il regalo che Ciro le aveva fatto la sera dei festeggiamenti dello scudetto del Napoli, con quel 3 ben stampato sul petto a ricordare il campionato vinto nel 2023 dopo oltre trent'anni dalla squadra leggendaria di Maradona. Oltre al logo della società e al profilo del Vesuvio, sulla t-shirt sbucava anche un «io c'ero». E sì, Ciro e Sara, tifosi sfegatati, c'erano stati eccome. Si può essere gelosi di una maglietta? Lo humor e il romanticismo – che in Ciro sembravano mescolarsi alla perfezione – ogni tanto lo portavano a chiedere alla sua fidanzata se per caso non amasse quella squadra più di lui... ma difficilmente lei gli dava retta quando se ne usciva con delle trovate così, soprattutto se era ancora assonnata.

«Che hai?»

«Niente...»

«E quando una donna dice niente...»

«Questi soliti cliché... che è, hai visto un video su TikTok che te lo spiegava?»

«Maaamma mia... sei più simpatica *e' mammeta,* stamattina.»

«Davvero, niente!»

«Cliché confermato. Allora *o' problema è gruss.*»

«Hai fatto il caffè, perché non lo bevi?»

«L'ho fatto per te.»

«Lo sai che non lo bevo quasi mai e quando non lo bevi tu c'è qualcosa che non va.»

«Tipo che fa schifo?»

«Tipo che.... *staj nervus.*»

«Tu non è che mi conosci bene, mi fai proprio radiografie.»

«Quindi che hai?»

«Niente» aveva ridacchiato.

«Si è ribaltata la situazione» avevano commentato insieme. Era passato qualche secondo di imbarazzante silenzio.

«Lo sai che alle undici devo andare lì» aveva sospirato Ciro.

«Lo so, e quindi?» lo aveva incalzato Sara.

«Non voglio andarci.»

L'aveva detto così, senza mezzi termini, come se non ne volesse neanche discutere e la decisione fosse già presa. Però era rimasto immobile, ad attendere la ramanzina di Sara. Ramanzina che non arrivava.

«Contento tu...» gli aveva concesso lei, sdraiandosi di nuovo sul letto.

«*Contento* non è la parola più adatta...»

Sara si era alzata di nuovo di scatto. «Oh, chiedo scusa... Soddisfatto? Appagato? Vanno bene queste?» aveva detto con fare canzonatorio.

«No, direi di no» aveva risposto amaramente Ciro.

Sara si era lasciata cadere di nuovo sul letto.

«Non capisco davvero perché fai così» aveva rilanciato Ciro con tono aggressivo.

Per l'ennesima volta Sara era scattata come una molla. «Perché non ha senso, non ha senso che ti comporti così!» aveva quasi urlato.

Ciro l'aveva guardata con immenso dispiacere negli occhi.

A quello sguardo lei aveva cambiato atteggiamento repentinamente e ripreso a parlare con molta più calma, con una punta di dolcezza.

«Lo so, so tutto e capisco tutto… ma devi fare questa cosa… è l'ultima e poi, puoi pure dimenticare tutto…»

«Non puoi averlo detto davvero.»

«Invece l'ho detto.»

«Non lo farò.»

«Lo farai…»

«No.»

«Non farlo, allora, ma vai… vai e basta, ti prego.»

Ciro non aveva mai imparato a resistere alla voce e al volto supplichevole della sua ragazza. Avrebbe potuto domandargli il mondo intero e lui glielo avrebbe promesso. Però, per assurdo, in quel momento gli sembrava più facile prometterle il mondo che fare ciò che lei gli stava chiedendo.

«No, ho deciso: non ci vado» aveva annunciato.

Sara non si era scomposta minimamente.

«Va bene, sei libero di farlo! Ti informo solamente che ora inizio a contattare un po' di ragazzi random su Instagram… oppure mi scarico Tinder: cosa preferisci?»

Non aveva neanche finito la sua minaccia che Ciro si era lanciata su di lei.

«No, no, no! Ci vado! Ci vado!» aveva promesso ridendo.

«Ecco!»

Si erano guardati sorridendo per un po', e a Ciro il mondo sembrava un posto decisamente migliore.

«Comunque armadio di fronte, parte superiore, anta di destra» aveva indicato Sara.

«Cosa?»

«Il vestito. Non l'avresti mai trovato.»

Ciro aveva sorriso.

4

Con quella nube sospesa sui loro corpi, come fosse a pochi centimetri di altezza, come se avesse rischiato di rovesciarsi da un momento all'altro, Ciro e Sara erano rimasti sul letto sdraiati e a fissare il vuoto. Ciro non poteva essere sicuro che per lei fosse lo stesso, ma lui aveva anche smesso di pensare.

La sua mente in quel momento era come la schermata del computer bloccata nel processo di buffering: un cerchio che girava incessantemente ma del tutto a vuoto. A volte l'immagine di un ricordo cercava di farsi spazio, di prendersi la scena, di intrattenere l'unico suo svogliato spettatore, ma non ci riusciva: lui era completamente senza segnale, sintonizzato su un mondo privo di interessi.

«Vuoi un po' di pancarrè con la Nutella?» aveva detto Sara dal nulla.

«Sì» aveva risposto Ciro.

«Va bene.» Ma Sara non si era alzata.

«E quindi?» aveva incalzato Ciro.

«Vallo a fare.»

Ciro si era girato a guardarla. Sara gli aveva restituito lo sguardo poco dopo.

«Terzo cassetto della cucina, in alto a dest...» aveva iniziato Sara, ma non aveva finito le indicazioni che entrambi erano scoppiati a ridere. Avevano riso di gusto, anche se non c'era un motivo reale. Ridevano come se da quel momento in poi diventasse proibito farlo. E forse per Ciro era davvero così, perché dopo un po' si era fermato di botto, proprio come aveva iniziato.

Dopo qualche istante Sara si era aggiunta al silenzio. Sembravano provati tutti e due da quelle montagne russe emotive.

«Ci alziamo?» aveva proposto finalmente Sara.

«Credo di sì» aveva risposto Ciro e sbuffando si era tirato su.

«Trova il vestito, dai... poi mi alzo anche io.»

«Mi sembrava strano...» aveva commentato ironico Ciro.

Mentre la sua ragazza riafferrava il telefono per una nuova dose di social, Ciro aveva raggiunto l'armadio e si era fermato a fissare l'anta dove avrebbe trovato il suo vestito. Era rimasto a guardarla per parecchi istanti: aprirla significava accettare ciò che stava per accadere, confermare che lui ne era consapevole, dichiararsi pronto a quel momento. Era una sofferenza atroce alzare il braccio verso l'anta superiore dell'armadio. Va bene che negli ultimi tempi aveva spinto un po' di più in palestra, ma non ricordava il suo braccio così pesante. Aveva raggiunto finalmente il pomello che apriva l'anta, ora era facile: doveva solo tirare. Eppure, gli sembrava di dover scassinare la cassaforte più protetta al mondo e non era la forza fisica a mancargli, ma quella mentale. Il coraggio non lo puoi allenare in palestra come i bicipiti, il coraggio non si allena da nessuna parte, lo devi trovare ogni volta che la vita ti mette alla prova. Quel giorno lui ne aveva un disperato bisogno e non sapeva proprio dove cercarlo: dentro o fuori di lui?

Di solito il coraggio si nasconde nei luoghi più segreti, dove può sfuggire alla paura, ma Ciro, oramai, non riusciva a scovare un posto dentro di sé che non fosse presidiato dalla paura. Era dall'esterno che doveva arrivargli la forza. Avvertiva dietro di sé che Sara si stava alzando dal letto. Era così facile, come aveva fatto a non pensarci prima? Si era girato a guardarla e l'aveva vista tirarsi su lentamente dal letto, bella e sinuosa, aggraziata anche con i capelli sfatti, la maglietta stropicciata e le pantofole pelose a forma di cane. Che ci voleva, così, ad avere coraggio? Troppo facile, non ci voleva proprio niente.

Aveva tirato con forza l'anta e avvertito dopo un istante un dolore fortissimo alla testa. Una scatola rossa a forma di cuore era caduta dall'armadio e l'aveva colpito… adesso era per terra insieme a ciò che conteneva. Ciro aveva imprecato ad alta voce mentre Sara rideva.

«Ma chi l'ha messa questa cosa qua dentro?» si era lamentato strofinandosi la parte della testa dolorante.

«Io… evidentemente non l'avevo sistemata bene» si era scusata Sara.

«Evidentemente...»

Ciro aveva raccolto lentamente la scatola per poi accorgersi che c'era attaccato un post-it: «Mille ricordi di te e di me (anche se in realtà sono quattro)». Aveva guardato Sara con fare interrogativo.

«Te l'avrei data prima o poi, in qualche anniversario, in qualche giorno speciale... ora l'hai trovata e... insomma, anche questo è un giorno...»

«Non lo definirei speciale, non in quel senso.»

«No... importante, però.»

Gli occhi di Ciro si erano riempiti di lacrime, ma si era anche impegnato a ricacciarle subito indietro sostituendole con il più sincero dei sorrisi.

«Ti va di ricordare?» le aveva proposto.

«Non vedevo l'ora che lo dicessi!» aveva risposto Sara radiosa.

Si erano seduti a gambe incrociate sul pavimento, come due bambini. Al centro la scatola a forma di cuore e una vita da ricordare. Sarebbe stato esattamente come scavare dentro al proprio cuore.

Con lo sguardo più innamorato di sempre, Ciro aveva pescato con solennità il primo oggetto.

5

Gli aerei non gli piacevano, non gli erano mai piaciuti.

Quella cosa di stare sospesi nel vuoto con la terra così distante gli trasmetteva uno strano senso di insicurezza che molti altri invece associavano a un'impressione di libertà... certo, il senso di libertà gli piaceva, ma l'insicurezza no. In sostanza: gli piaceva volare, ma non gli piacevano gli aerei. Si era convinto a viaggiare solo in nome dell'amicizia.

Rolando e Peppe erano i suoi due migliori amici: avevano passato insieme tutti gli anni del liceo, quelli considerati – almeno da chi li ha vissuti intensamente – indimenticabili. In effetti le tante esperienze condivise fuori e dentro la scuola avevano cementificato la loro amicizia così tanto da farla sembrare incrollabile, oltre ad avergli regalato una quantità di aneddoti che per loro era bellissimo ricordare e celebrare, un po' meno per chi doveva sorbirseli ogni volta come fosse la prima.

A differenza di Ciro, Rolando e Peppe non avevano fretta di laurearsi: studiavano Economia ed erano in

Erasmus a Praga da oramai due mesi. La loro mancanza si faceva sentire forte e dai loro racconti sembrava che la vita da «international students» regalasse gioie che valeva la pena provare... Per questo appena Ciro aveva trovato dei voli convenienti si era comprato i biglietti coinvolgendo anche Gio', un altro ragazzo del loro giro molto felice di «sacrificarsi» e vivere la vita di uno studente Erasmus per un weekend intero. L'evasione pura, quindi, sembrava l'intento comune fino a quando Ciro non era salito su quell'aereo e non aveva raggiunto il posto assegnato: non sapeva che da quell'istante tutto sarebbe cambiato per lui.

Come indicava il biglietto, Ciro doveva sedersi nel posto più vicino al corridoio di una fila di tre sedili al centro dell'aeroplano. Per risparmiare sul biglietto, infatti, lui e Gio' avevano scelto l'assegnazione casuale dei posti e quindi erano distanti l'uno dall'altro. Una volta arrivato all'altezza del suo sedile, Ciro aveva visto che gli altri due posti erano occupati da due ragazze: quella più vicina al finestrino era bionda, con gli occhi e la carnagione chiari e la sicurezza tipica di una ragazza che sa di essere attraente. Di solito Ciro trovava più «noiose» quei tipi di ragazze: ovvio che non ne poteva negare la bellezza ma di solito non ne era particolarmente colpito perché magari trovava certi canoni (bionda-occhi azzurri-labbra carnose-spruzzata di lentiggini) troppo stereotipati. Doveva esserci qualche dettaglio in più, magari irregolare, ad attirare la sua attenzione... Ed ecco che, allargando lo sguardo alla seconda ragazza, Ciro più che catturato era rimasto rapito, folgorato... da quella che semplicemente era la creatura più bella che avesse mai visto. Una cascata di capelli ricci castani si adagiava su un volto dall'incarnato mediterraneo che culminava in due occhi nocciola penetranti ma sorridenti. Indossava una felpa scura con il cappuccio oversize e dei leggings neri, ai piedi un paio di Adidas modello Samba bianche. Era così semplice e naturale da sembrare irreale.

Ciro si era irrigidito mentre cercava di apparire disinvolto sistemando il bagaglio nella cappelliera prima di prendere posto. La ragazza bionda vicino al finestrino aveva dato di gomito all'amica, che si era voltata a guardare Ciro. Lui implorava di non diventare rosso mentre fingeva di non accorgersi di quello sguardo, ma naturalmente più ostentava disinvoltura meno le sue emozioni gli obbedivano.

Dopo qualche istante di imbarazzo, Ciro si era accomodato e la ragazza aveva distolto lo sguardo voltandosi verso l'amica per comunicarle qualcosa con gli occhi. Ciro intanto aveva provato a stamparsi in volto un'espressione da ragazzo attraente ma non era in grado di dire se ci fosse riuscito o meno, anzi, a ben pensarci non aveva idea di dove pescarla, un'aria attraente. Almeno si sentiva sicuro con uno dei suoi capi preferiti, una banalissima felpa nera con il cappuccio, e quello probabilmente era un bel punto a suo favore. In ogni caso doveva assolutamente trovare il modo di rivolgere la parola a quelle due ragazze... Erano in volo verso la stessa destinazione, erano partiti dalla stessa città: c'erano tutti i presupposti per creare l'occasione per attaccare discorso.

Aveva iniziato a raccogliere il coraggio. Doveva solo presentarsi e poi magari durante il viaggio trovare una scusa per chiedere qualche dritta su Praga. Aveva tirato un sospiro e si era voltato verso le due, pronto a parlare, ma in quel momento qualcuno dietro di lui aveva attirato la sua attenzione con un colpetto di tosse piuttosto infastidito. Ciro si era voltato insieme alle ragazze: una donna anziana gli stava sventolando un biglietto sotto al naso.

«*This is my seat! You were wrong to sit here.*»

Ciro non aveva capito una sola parola.

«Credo ce l'abbia con voi...» aveva detto rivolgendo per la prima volta la parola alla ragazza al suo fianco.

Lei aveva riso di gusto e Ciro si era già innamorato perdutamente.

«No, sta dicendo che questo è il suo posto e tu hai sbagliato a sederti qui.»

«Aaah... le puoi dire che non mi alzo da qui nemmeno se mi paga?» aveva chiesto Ciro.

La ragazza aveva sorriso dolcemente.

«*He apologizes to you. Now he will immediately leave his seat.*»

«*Oh, thanks*» aveva ringraziato, sorridendo, la signora.

«Ah, dai, l'ha presa bene...» aveva commentato Ciro.

«No... le ho detto che ti saresti spostato subito.»

«Ma dove? È questo il mio posto, guarda!» E le aveva mostrato il biglietto.

La ragazza nel prenderlo gli aveva sfiorato la mano e Ciro si era innamorato ancora di più.

«È la fila di dietro, non questa...» gli aveva fatto notare.

«E non possiamo correggere a penna?»

La ragazza aveva sorriso divertita e gli aveva consegnato nuovamente il biglietto.

Ciro, totalmente controvoglia, si era alzato per accomodarsi al posto corretto. Si era trovato seduto vicino a un signore anziano molto grosso che sembrava poter occupare tutti e tre i sedili, se non ci fossero stati i braccioli divisori.

Maledicendo il destino, Ciro si era seduto al suo posto e si era accorto di poter comunque spiare la ragazza seduta davanti attraverso lo spazio tra i sedili. Riusciva a intravedere il suo profilo non del tutto nascosto dai capelli e poteva immaginare le sue espressioni quando l'amica le rivolgeva la parola.

Doveva essere più piccola di lui di un paio di anni: se ne era accorto quando aveva tirato fuori un librone per la preparazione ai test di Medicina. Doveva essere una ragazza gentile: se ne era accorto quando si era alzata per aiutare la donna anziana al suo fianco a sistemare il bagaglio a mano nella cappelliera... In quel momento, vedendola sporgersi sulle punte, si era anche accorto di quanto i leggings esaltassero le sue forme perfette e di quanto la sua figura fosse slanciata. Doveva essere una ragazza simpatica: se ne era accorto quando l'aveva ascoltata sussurrare qualcosa alla sua amica e insieme erano scoppiate a ridere di gusto. Doveva essere una ragazza determinata: se ne era accorto quando aveva visto con quanta dedizione si dedicava ai test d'ammissione all'università. Doveva essere una ragazza sensibile: se ne era accorto quando lei si era voltata per liberarsi dal peso insistente dello sguardo di Ciro. Si erano guardati occhi negli occhi per un po'.

«Secondo me è la C» aveva detto Ciro.

«Cosa?»

«Il quiz… guardavo quello: è la C.»

«Studi Medicina?»

«È un punto a favore?»

«È una domanda.»

«No, però, così… a sensazione.»

La ragazza si era voltata e aveva guardato il test. Poi si era girata di nuovo verso Ciro.

«Era la C.»

«Questo vuol dire che posso fare Medicina?»

«Questo vuol dire che è un punto a favore.»

Si erano sorrisi.

«Vai a Praga per…?» aveva ripreso Ciro.

«Piacere, tu?»

«Piacere, Ciro, e tu?»

La ragazza aveva riso.

«Sara! Ma intendevo che ci vado per piacere!»

«Sì, lo so… Era per evitare quel "come ti chiami" e quelle altre domande tipo "quanti anni hai?", "di dove sei?", "sei fidanzata?", sai…» aveva risposto vagamente Ciro.

Sara era arrossita leggermente.

«19, Napoli, no.»

«Mmh, telegrafica.»

«No, è per evitare quelle risposte lunghe e inutili

che poi alla fine si riducono a queste informazioni e basta...» gli aveva fatto eco.

Ciro aveva sorriso.

«Comunque io tutto uguale a te, ma anni 21. E sto andando a Praga per trovare degli amici in Erasmus... Magari ci acchiappiamo lì?» aveva provato speranzoso.

«Magari...» aveva concesso Sara.

Ecco, ora doveva chiederle il numero di telefono. Sapeva di doverlo fare, ma non lo avrebbe fatto. Era colpa dell'aereo, ne era certo: doveva sentirsi libero e invece si sentiva insicuro.

«Avvisiamo i gentili passeggeri che ci stiamo preparando per l'atterraggio...»

La voce del pilota aveva messo fine a quel momento di imbarazzo che aveva tutto il sapore di un'occasione persa. Sara aveva sorriso a Ciro e si era girata. Lui si era lasciato andare a un'imprecazione sussurrata che era sfociata in una parolaccia quando il suo vicino di sedile per allacciarsi le cinture gli aveva assestato una gomitata in pieno sterno.

Non gli piacevano gli aerei, non gli erano mai piaciuti.

Chissà cosa avrebbe pensato da lì in poi dell'aereo che gli avrebbe cambiato per sempre la vita.

6

Quando l'aereo aveva completato la fase di atterraggio, l'uomo seduto al fianco di Ciro si era lasciato andare a un applauso fragoroso che aveva contagiato buona parte delle file vicine. Se Ciro avesse dovuto fare una classifica delle cose più cringe, l'applauso all'atterraggio probabilmente si sarebbe posizionato nella Top 5. Mentre cercava di superare l'imbarazzo, si era alzato dal suo posto e aveva recuperato il bagaglio con l'intenzione di essere pronto per seguire Sara in ogni movimento e non perderla di vista nemmeno un istante. La signora anziana che all'inizio del viaggio aveva preso il posto di Ciro, però, aveva deciso che proprio in quel momento non doveva riuscire a slacciarsi la cintura di sicurezza. Sara si era alzata per aiutarla come aveva già fatto prima, mentre Ciro aveva provato a inventarsi qualsiasi scusa per temporeggiare e aspettarla... ma la fila di persone dietro spingeva affinché lui si muovesse e quindi era stato obbligato a camminare e a perdere di vista la ragazza.

Tanto la becco alla navetta che ci porterà agli arrivi,

si era autorassicurato, mentre Gio' lo stava aspettando un po' spazientito alla fine della scaletta.

Peccato che se la fosse vista passare sul primo dei due bus sul quale lui non era riuscito a salire. Ora all'uscita di sicuro la rivedo, si era convinto.

Ma non l'aveva trovata.

Ad attenderli c'erano i suoi due amici che avevano accolto lui e Gio' con un abbraccio, una specie di coro di benvenuto e che li avevano obbligati a scattarsi subito un selfie. Mentre li costringevano a saltellare per partecipare all'euforia del loro arrivo, Ciro cercava di divincolarsi per ritrovare Sara da qualche parte. Ma della sua inconfondibile chioma riccia nemmeno l'ombra. E invece no, eccola, eccola che spariva oltre le porte di ingresso dell'aeroporto.

«Andiamo, andiamo!» aveva urlato Ciro ai suoi amici.

«A prendere un caffè?» aveva chiesto Peppe.

«Perché qui fanno *o' cafe*?» aveva risposto Rolando.

«Se lo si può chiamare così» si era corretto Peppe.

«Allora vado di spremuta» aveva deciso Rolando.

«Ciro, tu che vuoi fare... Ciro... Ciro?!»

Ciro era rimasto ammutolito e con la testa china sul telefono, perso nel suo mondo.

«È un ragazzo socievole» aveva fatto notare Gio'.

«*Assai*, mi fa piacere che sei contento di vedermi» gli aveva detto Peppe agitandogli le mani davanti agli occhi, mentre Ciro teneva la testa china sul telefono.

«CIRO, MA CI SENTI?» avevano urlato gli amici.

Ciro stava cercando disperatamente su Instagram se

Sara avesse lasciato qualche tipo di traccia del suo arrivo a Praga. Una story o un post con la posizione dell'aeroporto. Ma con poche speranze: sapeva già in cuor suo che probabilmente non si trattava di una ragazza «da social»... di sicuro era più il tipo di persona concentrata sul presente e sul viversi il momento, piuttosto che esibirlo agli altri.

«Scusate, ragazzi, allora anche per me un succo» si era inserito Ciro distrattamente.

«Ma chi l'ha chiesto 'sto succo?» Gio', che aveva cercato di seguire le ordinazioni, non ci capiva più niente.

«Io no» si era difeso Rolando.

«Allora due spremute e un succo» aveva aggiunto Gio'.

«Prendiamogli il caffè, così magari la prossima volta ci ascolta» aveva sentenziato Peppe.

«*Lasciao' sta.* Lo conosco benissimo, quando fa così c'è qualche questione urgente di cuore.» Rolando sembrava sicuro di quello che diceva.

«Un inguaribile romantico, doveva nascere in un'altra epoca» aveva rincarato Peppe sarcasticamente.

«Tipo?» si era incuriosito Rolando.

«Tipo durante la civiltà caprese» aveva risposto a tono Peppe.

«*Cortese*, volevi dire...» lo aveva corretto Rolando.

«Cortesemente non mi correggere quando si parla di storia» aveva precisato Peppe.

«Letteratura...» aveva puntualizzato Rolando.

«È la stessa cosa. Guarda che io ero un grande studente, rimanevo a scuola fino a tardi» aveva puntualizzato Peppe.

«Perché facevi il serale, sei stato bocciato due volte» si era inserito Gio'.

«Che facciamo, andiamo?» Improvvisamente Ciro aveva rotto il suo silenzio.

«Uh, si è svegliato il bimbo!» Peppe aveva abbracciato Ciro da dietro.

«Fai arrivare almeno il caffè.» Gio' ci teneva che l'ordine faticosamente raccolto venisse rispettato.

«Il succo!» aveva rivendicato Ciro.

«No, ora ti prendi il caffè *e' te stai zitto*!» si era imposto Peppe.

Ovviamente di Sara non restava nessuna traccia, ma da quel momento non avrebbe smesso più di cercarla...

Non riusciva a disconnettersi da quel pensiero fisso, né a smettere di chiedersi come in meno di due ore qualcuno o qualcosa potesse penetrare nel cervello fino a trasformare la realtà di sempre.

Ciro era troppo passionale per non riconoscere quello che sentiva, e cioè un'urgenza irresistibile di trascorrere quella vacanza assieme a un'estranea.

Ci sono tante persone che conosciamo o incontriamo tutti i giorni o quasi e che non ci sfiorano minimamente: se ne stanno lì, a occupare la casella «conoscenti», come fossero delle statuine. E poi ci sono gli Incontri, quelli che ti capitano sul tabellone del Gioco della Vita e che ne cambieranno il corso. Lo senti subito che con quelli c'è una forza diversa, non si tratta solo di attrazione, ma di un mix incomprensibile di mistero e di familiarità che ti fa pensare da un lato di conoscere quelle persone da sempre e dall'altro di volere scoprire tutto su di loro...

Mentre Ciro si perdeva imbambolato in queste riflessioni pseudoesistenziali, i suoi amici andavano a una velocità accelerata e non vedevano l'ora di dare il via ufficiale alla loro tre giorni di perdizione, che sarebbe finita a pieno titolo nell'aneddotica del loro gruppetto.

Avevano preso un taxi perché era insolitamente conveniente ed erano diretti all'ostello dove avrebbero dormito Ciro e Gio'. Inizialmente avrebbero dovuto essere ospiti di Peppe, ma poi il suo coinquilino spagnolo lo aveva implorato di lasciargli la camera libera perché si stava frequentando da qualche giorno con una compagna di corso, studentessa Erasmus anche lei, e quindi, per la solidarietà che vigeva tra gli studenti internazionali, Peppe aveva accettato ed era riuscito a trovare un ostello in pieno centro a buon prezzo, con camere da sei letti ma spaziose e pulite, aveva assicurato.

Mentre erano in coda per il taxi, Ciro aveva continuato a cercare Sara su Instagram attraverso il tag dell'aeroporto di Praga, come per un riflesso condizionato, senza nutrire speranza... In effetti c'erano selfie di gruppi di amici, o post del tipo «*Finally in Praga*» ma di lei, purtroppo, nessuna traccia. Durante il tragitto in taxi, mentre Peppe e Rolando continuavano a elencare gli appuntamenti che avrebbero avuto con il loro gruppo di Erasmus e i posti che dovevamo assolutamente vedere (ma davvero dentro a un weekend ci riuscivano a stare tutte quelle cose e persone?), Ciro aveva lo sguardo incollato al finestrino, nella speranza di vederla. Ma probabilmente lei a quel punto era già troppo lontana da lui, o se non altro dal suo campo visivo.

Intanto si era reso conto di come i suoi amici fossero cambiati nel giro di così pochi mesi... non era tanto una trasformazione legata alle loro personalità (tra di loro c'era l'intesa di sempre), quanto alle vite che conducevano: era come se fossero stati catapultati in una dimensione parallela, dove loro erano gli stessi ma il mondo che li circondava era tutto diverso e dove il tempo era scandito quasi esclusivamente dai piaceri e pochissimo dai doveri.

In effetti era difficile non provare un moto d'invidia verso quello che sembrava a tutti gli effetti un Paese dei Balocchi senza però il rischio che crescessero orecchie e coda da asino... Ma Ciro, per fortuna, non aveva familiarità con l'invidia e voleva troppo bene ai suoi amici per non essere felice per loro. E poi anche lui avrebbe potuto partire per una meta europea ma aveva deciso che laurearsi il prima possibile era il suo obiettivo principale; tra l'altro non è che fosse esattamente un esterofilo, e quindi (probabilmente) non aveva nemmeno voluto lasciare la sua comfort zone.

Il programma di fine giornata prevedeva un giro a piedi tra i vicoli di Mala Strana, la «città piccola», con le sue stradine labirintiche dove si poteva vagare e perdersi senza meta. Essendo una tappa obbligata per i turisti, Ciro aveva il suo personale radar puntato su tutti i gruppetti di ragazze e ragazzi che intercettava, ma sempre senza risultato. La sua ricerca senza tregua proseguiva anche su Instagram, scrollando un numero infinito di account che erano geolocalizzati nello stesso punto in cui si trovava lui. I suoi amici però si stavano accorgendo che era vagamente assente e non il solito casinista e avevano cominciato a scuoterlo e a farglielo pesare scherzosamente

Per la serata Rolando e Peppe si erano dati appuntamento con il loro gruppo di amici da U Fleku, il birrificio più antico e famoso di Praga che serviva fiumi di birre lager su lunghe tavolate di legno; lì era facile fare amicizia con i vicini di bevute. In effetti non era la scelta più originale del mondo, e oramai avevano scovato locali molto più nascosti e frequentati anche da praghesi veri, però pensavano che come prima volta nella città fosse giusto «santificare» tutte le tappe obbligate per i turisti. Ciro, pur non sapendo niente di Praga, si era affidato al suo intuito, che gli suggeriva come anche Sara probabilmente avrebbe visitato i luoghi più tipici, aumentando così le probabilità di potersi incontrare di nuovo.

Una volta arrivati sotto all'orologio che dà il nome al locale, era iniziato il giro di presentazioni con gli studenti Erasmus e Alexej, l'unico ceco del gruppo e tutor di alcuni di loro. Per il resto, Ciro era riuscito a memorizzare il nome di Claire, da Lione, di Ferran, da Barcellona e, tra gli italiani, di Michela, da Udine... Aveva scoperto con sollievo che c'erano anche degli italiani nel gruppo e dentro al birrificio era riuscito a sedersi proprio di fianco a Michela, usando la scusa che mettere vicini un napoletano e una friulana rappresentava già uno scambio culturale.

Il gruppo era molto affiatato, naturalmente la lingua comune era l'inglese, che tutti parlavano piuttosto bene, fatta eccezione per Ciro. Non era difficile capire che, nonostante studiassero in facoltà diverse e avessero storie diverse, ad accomunarli era quell'esperienza che probabilmente sarebbe stata irripetibile e che in realtà nascondeva anche alcuni lati difficili, tra i quali la nostalgia di casa. Effettivamente in quel momento Ciro si era abbastanza maledetto per non averci provato ma per adesso si accontentava di calarsi nella vita da Erasmus dei suoi due migliori amici. A tenere insieme quella tavolata così variegata c'era quello che forse era uno dei giochi preferiti, e cioè lo scambio di modi di dire e parolacce nelle varie lingue di provenienza che ognuno cercava fieramente di insegnare agli amici stranieri puntando soprattutto sul facilitatore linguistico più efficace: il tasso alcolico.

Dopo diverse pinte, scambi linguistici e qualche coro tra cui *Bella ciao,* che grazie alla *Casa di carta* era oramai conosciuta anche dai giovani stranieri, il gruppo aveva deciso di proseguire la serata all'aperto, nonostante l'aria pungente dell'Est si facesse sentire. Avevano fatto una lunga passeggiata lungo la Moldava, che era servita a smaltire almeno in parte l'eccesso di birra. Ciro era rimasto sempre vicino a Michela e, con il passare delle ore, la confidenza tra loro si era fatta più stretta, così come l'interesse reciproco. Michela studiava Ingegneria chimica a Padova, un corso frequentato soprattutto da ragazzi ma nel quale lei non aveva avuto difficoltà a inserirsi. Si doveva essere accorta in fretta che Ciro poteva rendere la sua serata più interessante e infatti aveva fatto in modo di chiacchierare con lui praticamente sempre. Aveva letto sul suo viso una sensibilità che lo distingueva dai classici maschi tendenti all'alfa con pochi contenuti e con l'obiettivo fisso di una «*one night stand*», come la chiamavano tra studenti Erasmus, cioè l'avventura di una notte.

Michela era simpatica, molto simpatica, e autoironica, per esempio quando si trattava di dare addosso alla categoria degli ingegneri o quando ammetteva che il suo inglese aveva l'accento friulano. Era carina, aveva i capelli lisci castano chiaro e gli occhi allungati che lei rivendicava come verdi («ma quei maledetti non me l'hanno scritto sulla carta d'identità!») ma che in effetti sembravano più di un marrone ambrato. Era slanciata e indossava un piumino corto nero, jeans e sneakers. Aveva lo sguardo affascinante di una tipa indipendente che non ha paura di vivere la vita come le pare e piace. Il tono di voce netto e sicuro di chi prende il mondo di petto, che non ha paura di nulla e vuole assaporare tutto ciò che le capita senza pensare troppo al domani.

«A Udine giuro che metto i tacchi, ma qui c'è troppo da camminare su queste vie ciottolate e poi, a furia di frequentare ingegneri, a volte mi dimentico di come si veste una donna.»

Ciro le aveva raccontato della tesi che stava scrivendo, del suo sogno di diventare giornalista e del suo amore per Napoli, che probabilmente era stato il motore che lo aveva fatto appassionare al giornalismo d'inchiesta. Michela gli aveva detto di essere stata a Napoli solo una volta da piccola con i suoi e che non si ricordava il perché del detto «Vedi Napoli e poi muori», non le sembrava di grande auspicio, scherzava.

Erano talmente presi dai loro racconti e dai loro scherzi da non essersi accorti di aver perso il resto del gruppo.

«Ops, mi sa che ci conviene sbrigarci e raggiungere il Ponte Carlo, non puoi non vederlo nella tua prima notte a Praga!»

L'allegria di Michela era contagiosa e tutti e due avevano cominciato a correre per cercare di arrivare più in fretta.

«Un attimo, non sono così allenato» aveva detto Ciro con il fiatone poco dopo lo slancio inziale.

«Eh, si vede che sei abituato alle comodità di casa... Sai quante corse ci facciamo noi qui per non perdere gli ultimi mezzi di notte? E comunque ti facevo più sportivo, se non altro a giudicare dal fisico» aveva scherzato Michela.

Stavano riprendendo fiato tutti e due, appoggiati contro le mura del lungofiume... Ciro era ancora accaldato, oppure l'aria sembrava improvvisamente più tiepida, la luna e i lampioni illuminavano la Moldava, la risata di Michela era irresistibile e la voglia di baciarla si insinuava. Chissà se lei stava con qualcuno, non gli sembrava che fosse spuntato nessun nome di fidanzato nella conversazione che avevano avuto per tutta la serata...

«Cosa ne pensi dell'amore?» Ciro aveva deciso di rompere il silenzio con lo sguardo rivolto verso il basso ma cercando di essere diretto e di «toccarla piano».

«No, grazie, ho smesso» aveva risposto senza esitazione Michela con una delle sue uscite taglienti.

«Eppure dicono che nessuno si salva da solo.»

«Non sento l'esigenza di essere salvata da qualcuno.»

«Perché?»

«Forse sono già annegata.»

Ciro aveva fatto una piccola pausa perché il tono di lei si era fatto più serio.

«Pensi che l'amore sia sopravvalutato?» le aveva chiesto.

«L'amore no, la coppia sì.»

«Fai per caso parte di quelle nuove categorie, coppia aperta, poliamore, ecc?»

«No, nessuna categoria: rispetto tutti, non accetto nessuno, tutto qua.»

«Sei bella complicata.»

«E tu troppo semplice.»

«Credere nell'amore, oggi, lo trovo tutt'altro che semplice. E il fatto che tu sia qui secondo me smentisce le tue parole.»

«Mmh, che presunzione... Ma sei analitico, e da aspirante ingegnere quale sono, questo ti dà parecchi punti.»

«Ma non avevi smesso?»

«Sono pur sempre un essere umano e vivente.»

«Quindi?»

«Mi vivo la vita come meglio credo e sento.»

«Quindi? Be', io comunque ti bacerei.»

«E poi?»

«*E poi*... non esageriamo.»

«Non intendevo questo, e poi... che senso ha? Che senso ha che io e te siamo qui, ora...»

«Boh, chiedilo all'universo. Almeno in quello credi?»

«Dipende da che punto di vista.»

«Spiegamelo, questo punto di vista.»

«Diciamo che sono io il mio universo.»

«Umile, come punto di vista.»

«Mi prendo ciò che voglio.»

«Tranne un mio bacio... questa cosa mi disturba.»

«... come tutto ciò che non riesci ad avere...»

«Mi hai analizzato bene.»

«Dal primo sguardo.»

La chimica tra Ciro e Michela era forte, la luna era al suo posto insieme alla cornice di una città romantica perfetta, ma la magia si era in qualche modo dissolta, probabilmente perché la loro intesa aveva lasciato spazio a troppi ragionamenti; così quel bacio «da copione» non c'era stato e i due avevano poi raggiunto gli altri al Ponte Carlo, con Peppe, Gio' e Rolando che non vedevano l'ora di fargli battutine.

«Alla fine ti stai ambientando bene a Praga» gli aveva detto entusiasta Peppe andandogli incontro.

«Già, ci sto facendo l'abitudine, anche se non cambierei mai il mare con un fiume» aveva risposto Ciro, cercando di spostare l'attenzione da Michela.

Il freddo si faceva di nuovo sentire, la stanchezza del viaggio pure, così Ciro e Gio' avevano deciso di rientrare all'ostello.

Quella notte Ciro non riusciva a prendere sonno nonostante quella giornata sembrava averne racchiuse cento, o forse proprio per lo stesso motivo. Soprattutto non riusciva a capire bene perché con Michela – che pure gli piaceva, probabilmente ricambiato – qualcosa era mancato, come se un certo tipo di emozioni in quella giornata (e chissà nelle successive) si fossero concentrate tutte da un'altra parte... precisamente su una ragazza misteriosa con la quale non aveva parlato per più di mezz'ora e che forse non sarebbe riuscito a ritrovare.

Il giorno dopo il tour di Praga continuava seguendo i programmi intensi di Peppe e Rolando, che ci tenevano molto sia a far vedere ai loro amici i monumenti e le zone più tipiche della città, sia a farli divertire e a fargli vivere un pezzo della loro vita di universitari all'estero. Quella mattina, infatti, erano stati alla sede della loro università, che si trovava in un campus moderno appena fuori città ed era dotata di mensa, biblioteca, spazio esterno e alloggi per gli studenti. Ciro aveva pensato che, alla faccia del Paese dei Balocchi, in fondo non doveva essere stato tanto facile all'inizio abituarsi a un luogo efficiente ma freddo, per non parlare del senso di estraneità che davano le scritte in ceco e le lezioni in inglese... Perciò aveva riconosciuto come per i suoi amici, per Michela e per gli altri ragazzi conosciuti la sera prima quell'esperienza non fosse tutta come sembrava in birreria e provava ammirazione per loro. Capiva anche il bisogno che avevano di sentirsi un po' come una famiglia d'adozione gli uni per gli altri, una famiglia dai confini larghissimi. In ogni caso era troppo assonnato e pure malinconico quanto bastava per condividere quelle riflessioni con i suoi amici, perciò si era limitato a esprimere pochi commenti.

La giornata era proseguita con una passeggiata al ghetto ebraico, una visita solo da fuori al castello e al monumento che, fino a lì, lo aveva emozionato di più: la Casa danzante. Rolando era sempre stato il più studioso tra loro e quindi sapeva descrivere al pari di una guida (o almeno per le loro esigenze era più che sufficiente) i siti della città. Aveva raccontato come l'edificio fosse stato progettato dall'architetto ceco-croato Milunić in collaborazione con Gehry e realizzato a metà degli anni Novanta. La cosa che più aveva colpito Ciro era come la casa fosse stata soprannominata «Ginger & Fred» perché pare fosse un omaggio al mitico duo di ballerini e attori Fred Astaire e Ginger Rogers, dei quali aveva visto qualche pezzo di film in tv con sua madre. Quell'edificio che simulava una danza avvolgente e che si stagliava tra gli altri imponendosi per la sua bellezza gli era sembrato un inno al romanticismo. Naturalmente si era chiesto se Sara lo avesse già visto e se in un angolo della sua mente, vedendolo, non le fosse capitato di pensare a lui... Quello era praticamente impossibile, ma lui si trovava ancora fuori dalla sua vita di tutti i giorni e quindi poteva permettersi di sognare un altro po'.

Tra qualche altra visita culturale, diversi litri di birra e nuove amicizie internazionali, era arrivato l'ultimo giorno e Rolando si era reso conto che gli amici non avevano assistito al famoso cambio dell'ora dell'orologio astronomico della città. In verità Ciro e Gio' avevano provato a declinare la proposta attaccandosi al fatto che quel giorno avrebbero avuto un aereo da prendere e che avevano già goduto di quasi tutte le bellezze di Praga, ma Peppe aveva insistito dicendo che c'era tutto il tempo per andare con calma in aeroporto. Perciò ecco che si erano ritrovati nella piazza della Città Vecchia insieme a una gran folla di turisti per assistere allo spettacolare cambio dell'ora.

L'orologio aveva iniziato ad animarsi e a suonare le sue melodie. Le sue figure meccaniche, che includevano i dodici apostoli ma anche la Morte che suonava la campana per annunciare l'ora, un turco che teneva un cronometro e uno scheletro che rappresentava la Vanità, avevano preso vita. Al termine di quell'emozionante spettacolo la folla aveva applaudito e continuato a scattare foto.

E proprio in mezzo a quella folla, in uno dei rari momenti in cui non si era aspettato di trovarla, Ciro aveva visto finalmente Sara, dopo averla cercata come si cerca l'acqua nel deserto. E come l'acqua nel deserto gli era sembrata un miraggio, tanto che aveva avuto paura di avvicinarsi troppo per scoprire di aver sbagliato, di averla confusa con qualcun altro, di vederla svanire davanti a lui. Si era limitato a osservarla, così come aveva fatto con l'orologio: ammirandola senza comprenderla, senza avere la presunzione di capirla, solo meravigliandosi di quanto sapesse essere bella senza volerlo. Mentre se ne stava imbambolato e fermo, si era accorto che forse si stava lasciando scappare un altro momento giusto e quindi si era svegliato dal suo incanto e si era fatto strada faticosamente tra la gente per avvicinarsi a lei.

Sara era di spalle, insieme alla stessa amica del volo di andata, che aveva incrociato lo sguardo di Ciro per prima, sorridendogli.

Ciro aveva dato un piccolo colpo sulla spalla a Sara e aveva improvvisato.

«Piaciuta Praga?» Aveva appena raggiunto il record di frasi più banali da sfoderare per fare colpo su qualcuno.

Sara si era girata non capendo nemmeno da dove arrivasse quella voce, ma vedendo che l'amica sorrideva.

«Ah, sei tu… Ciao… Sì, sì, molto.»

Era stata presa decisamente alla sprovvista, ma non aveva esitato nel riconoscere quel ragazzo che, senza nemmeno confessarselo, aveva sperato di ritrovare casualmente per le vie di quella città.

«Peccato dover ripartire… tra poche ore» aveva aggiunto Ciro cercando di dare fondo al suo repertorio più simpatico e brillante ma con scarsissimi risultati.

«Ah, anche tu torni con il volo di stasera?»

«Sì, sai cosa si dice degli ospiti, dopo tre giorni... E poi se non torno a casa finisce che mi trasformo anch'io in uno studente Erasmus e addio tesi.» Finalmente dalla sua bocca era uscita una frase che assomigliava a qualcosa di simpatico... più o meno.

«Sì, non dirlo a me, ho già fatto un sacco di strappi alla regola questo weekend...»

«Potresti concludere con l'ultima trasgressione e darmi il tuo numero, allora» si era lanciato Ciro.

L'amica di Sara si era riavvicinata ricordandole che era ora di andare.

«Be', ma tanto ci si vede sull'aereo, no?» Sara aveva schivato la richiesta di Ciro.

«Non mi fiderei così tanto degli eventi... Ti giuro che farò il bravo.» Ciro non mollava.

«Facciamo così, visto che ci siamo incontrati per caso la prima volta e anche la seconda... non c'è due senza tre, no?»

Ciro non capiva se a Sara piaceva giocare o se non era troppo convinta di volerlo rivedere... In ogni caso aveva deciso di accettare le sue regole e non insistere, per la troppa paura di ottenere l'effetto contrario.

Sara lo aveva salutato con la mano e con un «ci vediamo dopo». Ciro provava a crederci, mentre si sentiva straniato da tutto e mentre i suoi amici lo stavano cercando. Quella ragazza aveva un potere speciale su di lui.

7

«Ma perché no? Cosa c'è che non va?!»

Lo steward continuava a scuotere la testa e Ciro stava iniziando a perdere la pazienza. Erano oramai dieci minuti abbondanti che si trovava bloccato all'ingresso del gate dal quale sarebbe partito a breve il suo volo di ritorno verso Napoli. C'era qualche problema con il suo bagaglio a mano, ma lo steward non aveva alcuna intenzione di spiegargli chiaramente quale fosse. Si limitava a scuotere la testa e a indicare ripetutamente la valigia e lo zaino che Ciro cercava disperatamente di imbarcare.

«Mi farà perdere l'aereo, così!» si era lamentato voltandosi a guardare l'orologio per controllare quanto tempo gli restasse ancora.

Era stato in quel rapido movimento degli occhi che una luce abbagliante lo aveva attraversato con la velocità di un laser. Sara si stava avvicinando con una certa ansia al gate e, anche così trafelata, era meravigliosamente bella, meravigliosamente attraente e meravigliosamente... sola.

«Ciao!» l'aveva accolta Ciro.

«Ciao! Lo vedi che non è stato difficile ritrovarsi?» aveva detto Sara cercando di riprendere fiato.

«Fatto tardi?»

«Abbastanza, anche tu?»

«No, sto qui da una vita ma questo non mi fa passare.»

«Perché?»

«A saperlo… guarda.»

Ciro si era voltato e aveva provato ad attraversare i tornelli ancora una volta. Lo steward aveva alzato una mano e scosso la testa senza dare ulteriori spiegazioni.

«Ecco, visto? Ora quale sarà mai il problema? Questo non parla!» si era innervosito Ciro.

Sara intanto aveva analizzato la situazione.

«Metti lo zaino nella valigia» gli aveva suggerito.

«Cosa?»

«Apri e metti lo zaino dentro, fidati!»

Ciro aveva annuito e si era chinato per aprire il suo bagaglio. In quel momento si era ricordato che all'interno c'era più o meno lo stesso ordine che si troverebbe in una discarica abusiva. Aveva provato in tutti i modi a nascondere il contenuto della valigia, cercando di aprirla quel tanto che bastava solo per infilare lo zaino. Sara doveva aver intuito le difficoltà di Ciro perché aveva distolto forzatamente lo sguardo interessandosi alla tabella di orari e partenze dei voli. Ciro aveva lottato con la valigia per qualche altro minuto e alla fine era riuscito a richiuderla con lo zaino dentro.

«Fatto» aveva annunciato, dirigendosi di nuovo verso i tornelli. «Tanto, figurati se bastava quest...» stava dicendo, ma questa volta lo steward non lo aveva bloccato. Con sua grande sorpresa, finalmente Ciro si era trovato dall'altra parte della barriera. Sorridendo, aveva atteso che anche Sara passasse al primo colpo il controllo della sicurezza.

«È già la seconda volta che mi risolvi un problema, grazie» disse Ciro.

«È vero, sei in debito!»

«Ti porto la valigia?»

«E vorresti cavartela con così poco?»

«No, vorrei cavarmela con molto di più.»

Sara aveva sorriso ma non si era imbarazzata. Il silenzio era durato pochi secondi ma a Ciro erano sembrati un'eternità.

«Ma la tua amica?»

«Torna fra cinque giorni... Io devo studiare per i test, e quindi eccomi qui.»

«Meno male.»

«Meno male?»

«No... dico... meno male che almeno sei riuscita a fare un po' di giorni di vacanza...»

Sara aveva sorriso con consapevolezza.

«Sì, dai... poi, vabbè, lei ha conosciuto pure un tipo qui...»

«E tu?» aveva chiesto Ciro senza riuscire a trattenersi.

Sara lo aveva guardato intensamente.

«Io cosa?»

«Dico... tu hai conosciuto qualcuno?»

Sara gli aveva rivolto uno sguardo profondo, quasi a volerlo analizzare.

«No, direi di no... vabbè, tranne quelle classiche cose da discoteca...» aveva fatto in maniera vaga.

Nel corpo di Ciro, improvvisamente, qualcuno aveva deciso di svuotare un intero secchio di acqua gelida.

«Sì, capisco, quelle classiche cose...» aveva commentato con un po' di delusione.

«Tu non le fai queste "classiche cose"?»

«No, io sono un tipo da "vere classiche cose".»

«Cioè?»

«Incontrare una ragazza in un posto dove la musica non sovrasta qualsiasi parola, parlarle, conoscerla, andare oltre la semplice attrazione fisica...»

«Ah, sì... in effetti, piace anche a me così.»

L'acqua gelida nel corpo di Ciro aveva iniziato lentamente a scorrere via.

«Dai, magari in aereo ne parliamo meglio, se non devi studiare» aveva proposto Ciro.

«In teoria dovrei, però una chiacchiera nelle pause ci sta!»

L'acqua gelida era diventata improvvisamente tiepida.

«Dove sei seduta?» aveva chiesto Ciro.

Sara aveva tirato fuori dalla tasca il suo biglietto.

«Fila B, tu?»

«Fila L...» aveva detto Ciro guardando il suo biglietto con tristezza.

«Sarà difficile parlare a questa distanza...» aveva commentato Sara ridendo.

«Già...» aveva risposto Ciro con rinnovata delusione.

«Ci telefoniamo?» aveva provato ancora Sara con un sorriso.

«Se si potessero usare!» aveva detto Ciro senza sorridere.

Solo parecchi minuti dopo, quando era seduto a troppe file di distanza da Sara si era reso conto che era quello il momento giusto per scambiarsi i numeri e lui non l'aveva capito. Perché non capiva mai niente?!

Il volo di ritorno era stato un calvario. Sembrava che l'aereo non dovesse arrivare mai e Ciro aveva passato tutto il tempo a trovare la strategia giusta per conquistarsi quel benedetto numero di cellulare. Aveva provato frasi e situazioni a effetto prima di rendersi conto che niente avrebbe funzionato bene come la semplicità. L'unica attenzione che doveva avere era quella di non perderla di vista dopo l'atterraggio… e ovviamente ci era riuscito.

Perché? Perché? Perché questa ragazza corre così tanto?, aveva pensato mentre si guardava intorno tra i corridoi e i negozi dell'aeroporto di Capodichino.

Non era riuscito a trovarla fino a quando non aveva raggiunto l'uscita. L'aria di Napoli l'aveva pervaso e sembrava benedire il suo sguardo che aveva visto Sara in attesa alla banchina dei taxi. Aveva puntato dritto verso di lei ma dopo qualche passo si era ritrovato la strada sbarrata da una figura invadente.

«Capo, come siete bello. Me lo concedete un minuto?»

Un ragazzo in canottiera e pantaloncini, con i capelli rasati e parecchi tatuaggi lo aveva appena fermato con la stessa rigidità dello steward all'aeroporto di Praga.

«Grazie per il complimento ma scusa, vado di fretta, non mi dire niente...»

«Brad Pitt, giusto due minuti!»

«Davvero, devo correre.»

«*O' zio*, facciamo subito.»

«Da Brad Pitt a *o' zio* è un attimo.»

«Un attimo solo... Guardate qua quanto *so' belli*!» aveva fatto il ragazzo sventolando tre paia di calzini che aveva appena tirato fuori dal borsone che portava a tracolla.

«Bellissimi, ma veramente non mi servono...» aveva provato a divincolarsi Ciro.

«Ma come, non vi prendete i calzini del Napoli, non siete tifoso?»

«Certo.»

«E se non ve li prendete la *buonanima* di Maradona si dispiace.»

«Ma non mi servono, non è cattiveria.»

«I calzini servono sempre...» insisteva il venditore ambulante.

«Perché?»

«E se vi dovete ricoverare?»

«Fammi toccare ferro, per non dire altro.»

«Io a mio figlio ne ho presi almeno una ventina di paia.»

«E che è, un millepiedi?»

«Non vi lascio fin quando non ve li prendete, guardate che lo faccio per voi.»

«Sì, vabbè, quanto vuoi?» aveva tagliato corto Ciro.

«Così mi offendete...»

«E non ti offendere, allora» aveva provato Ciro cercando di forzare il blocco.

«Facciamo cinque euro per tre paia» aveva concesso il ragazzo. «Però mi sono rimasti solo questi di Peppa Pig, vanno bene lo stesso?»

«Che devo fare con i calzini di Peppa Pig?»

«Li date a vostra figlia!»

«Ma sono giovane, non ho figli.»

«Io all'età vostra già ne avevo tre.»

«Come fai a sapere la mia età... e ora?»

«Cinque.»

«Una cucciolata.»

«Aspettate, ho anche questi di Spider Man.»

«Meglio di Peppa Pig sicuramente.»

«Allora li prendete?»

«Sì, basta che mi fai andare...» aveva detto Ciro tirando a fatica il portafogli fuori dalla tasca. «Ho solo un pezzo da 20» aveva constatato, per poi allungare la banconota al ragazzo.

«Ah... e io non ho il resto.»

«E allora lasciamo stare...» aveva provato ancora una volta Ciro.

«E prendetevene dodici!»

«Ma che devo fare con tutti questi calzini?!»

«I calzini servono sempre...»

La fila ai taxi si stava diradando: presto Sara sarebbe diventata irraggiungibile.

«Va bene, dammene dodici paia!» aveva quasi urlato Ciro.

Il ragazzo in fretta e furia aveva piazzato in mano a

Ciro dodici paia di calzini, preso la banconota da venti euro ed era sparito tra la folla di turisti in arrivo.

Ciro, tenendo a fatica in una mano quei calzini e trascinando la valigia con l'altra, si era mosso velocemente in direzione di Sara. Aveva evitato almeno cinque diversi tassisti abusivi che cercavano di accaparrarsi un passeggero.

«Abito qua vicino!»

«E vi accompagno lo stesso! Dove andate con tutti questi calzini?!»

«No, grazie, veramente...»

Aveva schivato un gruppo enorme di turisti cinesi che chiedeva informazioni a chiunque passasse in zona.

«No, no, scusate, non sono di qui...»

Aveva raggiunto i taxi in fila mentre Sara stava entrando in uno di questi. Con il fiatone aveva raggiunto l'auto bianca e bussato sul vetro del sedile posteriore. Un sorriso si era aperto sul volto di Sara. Con la stessa solennità con cui si aprirebbero le porte del Paradiso, Sara aveva abbassato il finestrino.

«Ciro! Pensavo che fossi scappato via.»

«Io?! Un giorno mi spiegherai perché corri così tanto!»

«E tu perché hai appena comprato tutti questi calzini!»

«Giovanotto, che vi serve?» era intervenuto il tassista con fare burbero.

«Il numero di telefono» aveva detto Ciro guardando Sara dritto negli occhi.

«081 22 22» aveva risposto il tassista.

Ciro e Sara erano scoppiati a ridere

«Ma che ci sta da ridere?! Sentite, io devo partire... mia moglie ha cucinato la parmigiana e tra mezz'ora stacco» si era lamentato il tassista.

«La parmigiana è sempre un buon motivo per tornare a casa» aveva detto Ciro inebetito dal sorriso di Sara.

«Se fosse solo per mia moglie chi è che tornerebbe a casa» era stato al gioco il tassista.

Avevano riso tutti e tre.

Poi Sara si era ricomposta e un istante dopo aveva dettato il suo numero a Ciro. «Scrivimi, così mi segno il tuo» aveva detto lasciandogli in custodia il sorriso più bello del mondo.

Ciro non aveva osato più proferire parola e si era limitato a ricambiare quel sorriso che gli era restato stampato in volto mentre il taxi si allontanava perché, per la prima volta da quando aveva incontrato Sara, anche se si erano di nuovo separati la sentiva più vicina che mai.

Mentre stava girando la chiave nella serratura di casa, la notifica di un messaggio gli aveva fatto ritardare l'ingresso.

«Sei atterrato?»

Come aveva fatto a non pensarci: sua madre.

«Sono qui...» aveva risposto dal vivo, entrando.

«E il messaggio che mi dovevi mandare appena atterrato? Ti sei dimenticato ancora?» lo aveva rimproverato la madre.

«Non ho avuto tempo.» Se solo lei avesse immaginato che viaggio al cardiopalma aveva vissuto…

«Non hai mai tempo per *mammeta.*»

«Già è tanto che sono qui e non ho perso il passaggio.»

«Tu è già tanto che non perdi la testa dal collo.»

«Dai, tanto lo so che mi ami e mi perdoni sempre.» Ciro le era andato incontro per abbracciarla.

«Come *maggia fa cu te*?» aveva cercato di divincolarsi lei, ridendo.

«Che si mangia?»

«Pure!»

«Dai, tanto non ci credo che non mi hai preparato nulla.» La sua era la classica mamma del Sud che non lascerebbe mai il suo cucciolo ventenne senza cibo, a tutte le ore.

«C'è la pasta al forno nel microonde.»

«Ti amo.»

«Metti a posto la valigia e i panni sporchi nella cesta.»

«Agli ordini, capitano.» Ciro aveva mimato il gesto dell'attenti.

«E chi ti sposa a te…»

«Questo lo dici tu, oggi ho incontrato l'amore della mia vita.»

Sua madre si era seduta al tavolo della cucina.

«Siediti.»

«Sono già seduto, mamma.»

«Raccontami tutto.»

«Tutto cosa. Tu sei mia mamma, tante cose non le puoi sapere.»

«Quando me la fai conoscere?»

«Non correre.»

«Devo organizzare una cena o una domenica a pranzo?»

«Meno male che non dovevi correre, hai preso *nu' motorino*.»

«Ma lo sai che sono curiosa.»

«Vado a fare una doccia.»

«Te ne vai sul più bello?»

«Metti in pausa.»

«Ma che è, una puntata di Netflix?»

«Conosci anche Netflix, ora?»

«Guarda che hai una mamma moderna, ho imparato anche a mandare i meme su WhatsApp.»

«Basta che non arrivi ad aprirti il profilo Instagram.»

«Ma alcune mie amiche se lo sono fatto.»

«Vado che puzzo.» Ciro aveva cercato di sviare il discorso perché temeva che nelle mani di sua madre quel social potesse diventare un'arma impropria, soprattutto per la sua privacy.

«Si sente da qui, non lasciare un disastro in bagno e non bagnare a terra.»

«Ma', sono vent'anni che sento le stesse cose.»

«Ma *manc ti impari però*.»

Era stanco, e anche un poco vulnerabile, in realtà.

Gli seccava riconoscerlo, soprattutto dopo il clima internazionale respirato in quei giorni, ma quant'era bello tornare nella propria comfort zone, a volte.

8

Ciro: Eccomi, sono quello che ti ha inseguita
da Napoli a Praga andata e ritorno!

Sara: Eccoti, se non fossi tu
potrei denunciarti per stalking...

Alla fine non puoi dire di «conoscermi»

Non so perché ma mi ispiri fiducia,
non dovrei?

Non saprei, potresti pentirtene

Hai gli occhi buoni

Un po' atipico come complimento

Non amo omologarmi

Non so perché
ma lo davo per scontato

Ah, quindi hai dedotto anche tu
qualcosa senza «conoscermi»

Ho dedotto anche che sei
una specie di maratoneta mancata,
corri troppo! 😮

Chi ti dice che non ho partecipato
alle Olimpiadi? Oppure semplicemente
sei tu che sei troppo lento!

La seconda, decisamente...

Si può sapere perché hai comprato
tutti quei calzini? 😃

No, niente... è che non ho preso
i souvenir ai miei amici e allora
ho rimediato così...

Ahahahahahahahahahahaha.
Mmmh non ti credo...

Diciamo che era l'unico modo
per acchiapparti.

Mi hai barattata per dei calzini? 😒

Ci ho provato! Ma, a quanto pare,
serviva anche un paio di scarpe da corsa.

Dovrebbe essere un complimento?

No, una battuta.

Bruttina, Peccato...
avevi dei punti a favore...

...e anche due debiti da saldare.

Ecco!

Facciamo un caffè e una cena?

Facciamo un McDrive
e un gelato?

Facciamo sabato?

Facciamo domani?

Facciamo stasera?

Facciamo che mi vado a preparare.

Facciamo che ti vengo a prendere alle 9

9 e 15

Che diventeranno le 9 e 30

Che tu debba aspettare
almeno 15 minuti giù è la prassi

Quantomeno apprezzo la sincerità.

Mi vado a preparare

Ma mancano tipo due ore e mezza 😮

È il tempo che ci vuole

È il tempo che ci vuole per un restauro

Molto simpatico,
meno dieci punti

Meglio che sto zitto,
se no peggioro la situazione.
Posizione?

POSIZIONE INVIATA DA PARTE DI SARA

Operazione stalking completata

A dopo!

E portami un paio di calzini
già che ci sei, per favore 😆

D'accordo, ne ho un bel po'...

Io so bene AHAHAHAH

9

Ciro arrivava dalla periferia di Napoli, Napoli est – precisamente dal quartiere di Ponticelli: ai piedi del Vesuvio, dal balcone poteva sporgersi e toccare il cratere con la punta delle dita.

Viveva in un piccolo parco fatto di case popolari: quattro palazzi grigi schierati uno di fianco all'altro. In lontananza assomigliava a una macchia di cemento grigiastra ma avvicinandosi tutto iniziava a prendere colore, dai bambini che giocavano per strada con un pallone immancabilmente malconcio, alla madre che urlava dal balcone che il pranzo era pronto.

C'era sempre vita lì, anche in piena notte con i motorini fermi vicino all'apecar che vendeva le spighe bollite o le macchine parcheggiate senza un senso logico che aspettavano il panino di fronte al camioncino pieno di LED colorati visibili da chilometri di distanza.

Quella sera, come da copione, Ciro era nervoso ed emozionato.

Si era appena lasciato alle spalle il portone di casa e ora controllava ogni dettaglio della sua Smart, l'auto di seconda mano scassata ma fedelissima compagna di avventure che lo accompagnava da quando aveva preso la patente a diciott'anni e che anche quella sera – lui se lo sentiva – sarebbe stata complice di una data da ricordare.

Aveva comprato fiori freschi e indossava la sua migliore camicia, verde militare con il collo alla coreana. Non era per niente soddisfatto della prima impressione che aveva dato a Sara, ma quello non era un appuntamento al buio perché, anche se in modo rocambolesco, loro due si erano già conosciuti; forse poteva permettersi un minimo di tranquillità in più, o almeno era quello che si ripeteva in testa per cercare di autoconvincersi. La sua speranza era che tutto andasse liscio e che non si creassero troppi silenzi imbarazzati. Ciro riusciva a viversi bene i silenzi solo se era con le «sue» persone di una vita, altrimenti li soffriva, e parecchio, per questo spesso si ritrovava a straparlare o a riempire i vuoti con qualche battuta attingendo al suo humor: quello non gli mancava e si teneva sempre allenato esercitandolo. Che poi chissà com'era che alcuni riuscivano a comunicare anche stando zitti, o a determinare un certo clima pur rimanendo in silenzio... forse erano persone particolarmente sicure, o carismatiche. Ecco, lui non era così e in quel momento non aveva voglia di indagarne il perché. Magari Sara, invece, era proprio una che apprezzava il silenzio, o si sarebbe accorta della sua smania di parlare, chi lo sa. La catena dei se non gli stava dando tregua.

Intanto, ci erano voluti più di dieci minuti per convincere la sua amata Smart a partire. Sembrava proprio che il motore non avesse voglia di accendersi. A forza di imprecazioni, però, Ciro era riuscito a mettere in moto quel mezzo rottame che sperava non l'avrebbe tradito, non quella sera. Anche il tragitto verso casa di Sara, però, sembrava essersi alleato contro. Un cantiere bloccava l'accesso alla strada principale, costringendolo a fare un lungo giro attraverso strade secondarie e incredibilmente trafficate.

Per arrivare da Sara aveva comunque dovuto imboccare la tangenziale, che l'aveva fatto approdare a uno spazio-tempo completamente differente dal suo. Sara abitava nel quartiere più «in» di Napoli, il Vomero, che – stagliato su una specie di collinetta – era quasi come se guardasse Napoli dall'alto verso il basso, come a prenderne leggermente le distanze, non tanto per sentirsi superiore ma per puntualizzare di essere «*nu' poco diverso*».

Raggiungerlo era un'impresa titanica, si diceva che Dante per arrivare all'Inferno fosse passato prima per la tangenziale varcando la porta di Corso Malta. Le auto scorrevano lentamente, il traffico restava. Sempre. Era l'unica certezza di ogni lunedì mattina così come di tutte le domeniche pomeriggio e, ovviamente, neppure quella sera la circolazione era diversa.

Finalmente, dopo la lunga odissea, era arrivato, con «soli» dieci minuti di ritardo, davanti a casa di Sara. Un sospiro di sollievo gli era sfuggito dalle labbra. Tutto ora sembrava al posto giusto. Eppure, quando Sara aveva aperto la porta, lo sguardo di lei si era concentrato sull'ammasso di capelli disordinati di Ciro e su un piccolo lembo della sua camicia che era rimasto incastrato nella portiera, offrendo un'immagine di lui decisamente più goffa che sexy.

«Sono davvero dispiaciuto» aveva detto Ciro, cercando di sorridere nonostante l'ansia. «Ci sono state alcune centinaia di migliaia di imprevisti.»

Sara aveva riso, una risata leggera che aveva sciolto la tensione nell'aria. «Non preoccuparti, sembra che Napoli voglia fare di tutto per metterci alla prova.»

Risate condivise, e l'atmosfera continuava a distendersi lentamente mentre Ciro guidava attraverso le strade di Napoli, condividendo racconti e sorrisi.

Il destino, però, aveva ancora in serbo un'altra carta «imprevisti». A metà strada, in piena tangenziale, l'auto di Ciro aveva iniziato a borbottare e a dare segni di cedimento. Come un pugile che incassa gli ultimi colpi prima di cadere al tappeto, così la Smart aveva emesso due sonori sussulti per poi piombare nel silenzio assoluto. Con un sospiro molto rumoroso, che nascondeva una selezione accurata di imprecazioni, Ciro era riuscito ad accostare l'auto su una piazzola di sosta della tangenziale e poi aveva guardato Sara con occhi preoccupati.

«Sembra che anche la macchina abbia deciso di partecipare al nostro primo appuntamento» aveva scherzato Ciro, cercando di mantenere il buon umore nonostante la situazione.

Sara aveva riso di nuovo, stringendo leggermente la mano di Ciro.

«Beh, almeno possiamo dire che è un appuntamento indimenticabile.»

«Direi... ora dovremmo andare a cena, no?»

«E chiamare il carroattrezzi.»

«Provvedo subito... a entrambe le cose» aveva detto Ciro deciso, ed era sceso di corsa dall'auto mentre componeva il numero dell'assistenza. Aveva aperto il bagagliaio e recuperato un pacco di salatini che erano rimasti lì dal giorno in cui stava morendo di fame dopo essere stato in palestra. Poi si era accordato con il soccorso stradale ed era salito di nuovo in macchina.

«Non è proprio la cena che avevo in mente, ma dobbiamo adattarci» aveva sospirato offrendo i salatini a Sara.

Qualche istante dopo, seduti sul cofano dell'auto, con il traffico che sfrecciava accanto a loro, avevano condiviso quell'«aperitivo» del tutto improvvisato. Il cielo sopra di loro si era colorato di rosso e arancione mentre il sole scendeva definitivamente all'orizzonte.

In quel momento, con la luce calda del tramonto che illuminava il suo volto, Ciro aveva guardato Sara negli occhi. Nonostante tutti gli imprevisti, il cuore gli batteva forte. In un impulso irresistibile si era avvicinato e l'aveva baciata. Era un bacio dolce, che superava ogni difficoltà incontrata in quelle ore.

«Indimenticabile?» aveva proposto sorridendo Ciro.

«Indimenticabile» aveva confermato Sara.

Il bacio era diventato più passionale ma l'armonia del momento era stata interrotta da un rumore metallico proveniente dalla strada. Il carroattrezzi si avvicinava, pronto ad agganciare l'auto di Ciro.

«Credo che Napoli non voglia proprio lasciarci soli»

aveva detto Ciro, guardando il carroattrezzi con un misto di frustrazione e ironia.

Sara si era messa a ridere di nuovo, ma questa volta Ciro si era unito a lei. «Forse è un segno del destino» gli aveva detto, posando la mano sulla spalla di Ciro. «Un segno che anche di fronte alle difficoltà, possiamo trovare un modo per andare avanti insieme.»

Con un sospiro rassegnato e un sorriso sulle labbra, Ciro aveva stretto la mano di Sara. Con l'auto che veniva portata via sul retro, avanzavano mano nella mano, seduti appiccicati nei posti davanti del carroattrezzi, verso una nuova avventura, consapevoli che il loro primo appuntamento, con tutte le sue imperfezioni, aveva creato una storia che avrebbero ricordato per molto tempo… magari per sempre.

Alla fine di quella serata «diversamente indimenticabile» Ciro era riuscito ad accompagnare Sara a casa con i mezzi pubblici, finché ne avevano trovati, intervallati da lunghi tratti a piedi – non che pesasse a nessuno dei due, impegnati com'erano a tenere a bada le farfalle che svolazzavano nei loro stomaci. Dopo averla salutata senza che riuscissero realmente a staccarsi, Ciro aveva convinto Peppe – non senza fatica – a venirlo a prendere, visto che gli doveva da almeno un mese lo stesso favore. No, Peppe non era per niente contento ma gli era toccato.

Mentre era in macchina con l'amico, il telefono di Ciro aveva ripreso a notificare dei WhatsApp.

«Sei tornato?» ovviamente Sara.

«Classico messaggino da fidanzatini» aveva risposto sarcastico Ciro.

«Lo trovo rispettoso» si era difesa Sara.

«L'ho sempre trovato triste» aveva rilanciato lui.

«Perché?»

«Metti caso che all'improvviso io e te smettiamo di sentirci e vederci.»

«Ci sono buone possibilità!» Sara cercava di alleggerire i toni.

«... che smetta di esistere anche il "sei tornato a casa".» Ciro, invece, non voleva scherzare.

«E lo trovi triste?»

«Molto. Come si può smettere di colpo di preoccuparsi per una persona?»

«Magari lo sei ma per orgoglio non ti esprimi.» Sara sembrava conoscere bene quel tipo di sensazione.

«Ci mettiamo davvero troppo poco a diventare completi estranei.»

«Forse ci mettiamo troppo poco a chiedere se si è tornati a casa.» Rieccola. In fondo voleva solo augurargli di nuovo la buonanotte.

«L'hai detto tu: è una questione di rispetto.» A Ciro frullavano in testa un sacco di teorie.

«Sono stata bene stasera.»

«Ti sorprende?» Le sue emozioni lo stavano portando a diventare passivo-aggressivo: qualcosa di peggio?

«Risposta sbagliata... Avresti dovuto rispondere "anche io". Già il fatto che io ti abbia scritto per prima è stato un bel tuffo triplo carpiato.»

«Comunque anche io.»

«Bravo, vedo che impari subito.»

«Merito un biscottino?»

«Cioè?»

«Un premio!»

Sara gli aveva mandato un selfie. Di quelli che si dovrebbero autodistruggere.

«Carino il pigiama di Stitch.»

«Io no?»

«Forse sei proprio tu che lo rendi carino.»

«Hai qualcosa da ridire su Stitch?»

«No, ma ho tante cose da dire su di te.»

«Avrò tempo di scoprirle.»

«Tutto il tempo che vogliamo.»

«Io vado a dormire. Grazie di nuovo per la bella serata...»

«Grazie a te. 'Notte.»

«Notte ♥»

«♥»

Durante tutto quello scambio di messaggi non c'era stato modo per Peppe di catturare l'attenzione dell'amico. Oltre che fare l'autista, gli era pure toccato di assistere alle risposte ad alta voce, le risatine e le esclamazioni di Ciro... Questa Sara si stava rivelando proprio un gran bel guaio... di quelli che speri ti arrivino almeno una volta nella vita.

10

Parecchia vita più avanti, Ciro guardava la ricevuta del carroattrezzi seduto davanti alla scatola dei ricordi.

«Indimenticabile?»

«Indimenticabile» aveva confermato Sara.

«Anche per i centocinquanta euro di carroattrezzi, aggiungerei.»

Entrambi si erano messi a ridere.

«Sembra banale dire che quella sera avevo capito già tutto... ma avevo capito tanto» aveva detto Sara.

«Cosa?»

«Non lo so.»

«Dai, cosa?»

«La nonna me lo diceva sempre: quando arriverà lo sentirai, lo riconoscerai, ma non saprai darti una spiegazione logica.»

«Cosa sentivi?»

«Qualcosa dentro di diverso. E basta.»

«E basta?»

«Che vuoi sentirti dire, che già ti amavo?»

«Nah, sarebbe stato inquietante» ride.

«Appunto.»

Ciro avrebbe voluto baciarla come quella prima volta e stava per farlo, quando il suo cellulare aveva vibrato. Ancora una volta il nome di Rolando era comparso tra le notifiche.

«Tutto bene? Mi fai preoccupare, Ci'…»

Ciro aveva deglutito con forza. Cosa stava facendo? Si stava perdendo nei ricordi e si stava dimenticando del presente?

«Hai ancora un po' di tempo… vai avanti» gli aveva sussurrato Sara.

Ciro l'aveva guardata e aveva deciso in un istante che aveva ragione.

Aveva abbozzato una risposta al messaggio.

«Sto bene. Ti aspetto alle undici.»

Poi aveva tuffato di nuovo la mano nella scatola dei ricordi ed era sbucato un fazzoletto con impresso il segno di un bacio fatto con il rossetto, riportandolo con la mente a un'altra prima volta, altrettanto… indimenticabile.

11

Poche sere dopo l'episodio del carroattrezzi, Ciro e Sara avevano deciso di viversi una serata senz'auto. Si erano dati appuntamento al centro di Napoli e si erano persi tra i vicoli, vagando senza meta mangiandosi una pizza, bevendosi un caffè e spostandosi ovunque li trascinasse la loro passione, così impetuosa che faticavano a tenerla a bada, tanto che a un certo punto Sara si era sbilanciata.

«Io comunque ho casa libera, magari ci vediamo un film...?» aveva proposto cercando di rimanere sul vago.

«Mi piacciono i film» aveva accettato Ciro senza battere ciglio.

Ma qualche ora dopo, a casa di Sara, nonostante le premesse e le condizioni di privacy ideali, Ciro aveva perso tutta quella sicurezza.

L'aria era carica di una tensione palpabile, un misto di desiderio e nervosismo. Ciro aveva guardato Sara con occhi pieni di desiderio mentre chiudevano la porta della camera da letto dietro di loro.

«Finalmente siamo soli» aveva sussurrato Sara.

Ciro era stato attraversato da un brivido lungo la schiena che doveva leggersi nei suoi occhi, dato che Sara aveva sorriso e lentamente, con una mossa delicata, aveva fatto scivolare a terra il trench che indossava e che fino a quel momento aveva nascosto un top che le lasciava la schiena scoperta. Ciro si era avvicinato per baciarla ma Sara lo aveva bloccato.

«Ora il rossetto che macchia non ti dà più fastidio?» lo aveva preso in giro torturandolo un po', dopo che per tutta la sera lui si era lamentato.

Ciro aveva sorriso malizioso.

«Be', diciamo che non posso farmi vedere in giro con i segni dei tuoi baci ovunque… cosa penserebbe la gente?» Era un gioco perché, pur di ricevere baci da lei, si sarebbe mostrato in qualunque modo.

Sara aveva riso, recuperando un fazzoletto dal tavolino vicino. Si era avvicinata a Ciro, ricambiando lo stesso sguardo malizioso, e aveva iniziato a togliersi il rossetto in eccesso dalle labbra lasciando il timbro di un bacio ben definito. Era un gesto intimo e infinitamente sensuale, come lo era stata la loro serata.

Qualche istante dopo si stavano lasciando trasportare dalla magia del momento e più si baciavano, più si spogliavano, più sentivano il desiderio crescere dirompente.

Una vibrazione di un telefonino aveva rovinato senza rispetto quel momento. L'avevano ignorata. Ma quella si era ripresentata. Più e più volte fino a diventare decisamente molesta, impossibile da ignorare.

«Qualcuno ti cerca insistentemente» le aveva fatto notare Ciro tra un bacio e l'altro.

«Sarà mia madre, non ci pensare...»

«Controlla, magari stanno tornando» le aveva consigliato Ciro allontanandola con delicatezza.

Sara si era lasciata andare a un mugugno di disapprovazione e aveva recuperato il telefonino. Il suo sguardo era cambiato rapidamente ed era diventato ansioso.

«Stanno tornando?»

«No, no, non è nulla, lascia stare...»

«Sara...?»

Sara sembrava imbarazzata.

«È Marco, il mio ex.»

«E perché ti manda tutti questi messaggi?»

«Non accetta che sia finita.»

«Hai cercato di farglielo capire?»

«Con le buone e con le cattive. Sono stata anche dura con lui ma niente... a tratti ho solo peggiorato le cose.»

«Vuoi che gli parli io?»

«No, ti prego.»

Intanto qualcuno aveva suonato al portone. Sara si era avvicinata al videocitofono e aveva visto il suo ex.

«È lui. È qui giù.»

«Ottimo.»

«Ottimo che?!»

«Era per dire...»

«Non capisci la gravità della situazione, eh? Ora non andrà via finché non scendo giù.»

«Parliamoci.»

«Ti ho detto no!»

«Va bene, allora parlaci tu.»

«Va bene, ci provo, ma tu resta qui.»

Sara aveva afferrato la giacca ed era uscita di corsa, chiudendo con energia la porta dietro le sue spalle. Ciro era rimasto solo in quella casa che neanche conosceva, impietrito.

Dopo solo una manciata di secondi, però, aveva iniziato a sentire Sara discutere ad alta voce in strada. Non aveva potuto fare a meno di provare a sentire cosa si stessero dicendo quei due, avvicinandosi e affacciandosi con delicatezza e discrezione alla finestra della cucina.

La vicina di casa, un'anziana signora pronta a sbirciare la scena, si era accorta di lui. «Buonasera» aveva abbozzato Ciro con discrezione.

Intanto, in strada, Marco incalzava Sara. «Con chi eri sopra?»

«Con nessuno.»

«Seeh, nessuno...» aveva commentato a bassa voce e ridacchiando la vicina impicciona.

«Salve, eh.» Ciro aveva cercato di nuovo di attirare l'attenzione della vecchia, sperando inutilmente di metterla a disagio.

«Tanto lo so che c'è qualcuno, di sopra» insisteva Marco.

«Non ti riguarda» si era difesa Sara.

«Ha ragione» aveva sentenziato ancora la vicina.

«Signò, vi sta piacendo la puntata?!» Ciro non si era più trattenuto.

«Ma tu che ci fai ancora lì?» l'aveva ripreso la vecchia.

«Perché, dovrei scendere secondo lei?» Ciro aveva cercato di rispettare la richiesta di Sara, ma era anche vero che la situazione sarebbe potuta degenerare e lui non poteva di certo restare a guardare.

«Eh certo!» La vicina aveva già espresso in due parole la considerazione che aveva di Ciro.

«Ma Sara ha detto di no» aveva risposto Ciro gesticolando più del dovuto.

«Guarda che se una donna ti dice categoricamente di non fare una cosa, tu la devi fare» aveva replicato la vecchia, che da megera si stava trasformando in saggia.

«Non sono tanto convinto di questa teoria, ma vado!» Ciro si era accorto che aveva bisogno esattamente di quello per sbloccare quella delicata situazione: una spinta esterna. Aveva sceso le scale in fretta e furia, aperto il portone del palazzo e si era ritrovato davanti a loro.

«Che ci fai qui?» Sara non sembrava contenta della sua iniziativa.

«Me l'ha detto la signora.» Ciro si era giustificato indicando con il dito il balcone sopra di loro. La signora però aveva pensato bene di rientrare subito.

«Chi sei tu?» aveva chiesto con fare arrogante Marco.

«Piacere, Ciro.» E gli aveva porto la mano.

«Per me no» si era ritratto Marco.

«Simpatico, *o' uaglione*.» Ciro si era rivolto a Sara.

«Scusa, non ho capito.»

Marco, che fino a quel momento era rimasto seduto sullo scooter, era sceso con fare minaccioso.

«Forse ora è meglio che te ne vai.» Il tono di Sara era molto più duro di quanto Ciro si aspettasse.

«Capito? Meglio che vai via» si era agganciato subito Ciro.

«Ciro, parlavo di te» lo aveva corretto Sara.

«Di me? In che senso?»

«Eh, hai capito bene, vattene!» Marco non vedeva l'ora di metterlo a disagio.

Sara si era girata verso Ciro e guardandolo in faccia gli aveva sussurrato: «Ti prego, vattene via».

«Va bene, ma richiamami solo quando avrai risolto i tuoi problemi esistenziali» le aveva risposto Ciro con un nodo in gola improvviso e andando via di scatto senza guardarla.

«Ah, ah, hai capito il ragazzino» lo aveva sfottuto Marco, che al massimo poteva avere un paio d'anni in più di lui.

Ciro si era fermato di botto.

«Ragazzino? Se c'è un uomo qui in mezzo forse sono io.»

Sara si era messa tra di loro e aveva chiesto di nuovo a Ciro di andarsene.

«Va bene, va bene, tienitelo stretto "l'uomo vissuto".» E stavolta se ne stava andando per davvero.

Il nodo in gola si stava trasformando in un pianto fatto di rabbia, umiliazione e incredulità per quella storia che forse non era nemmeno iniziata e già si era presa tutto.

Gli sembrava di vedere scorrere i titoli di coda del film più bello di sempre prima ancora che fosse cominciato.

12

Pioveva davvero troppo, per essere vero.

Gocce gigantesche e pesanti che cadevano sull'asfalto, sui tetti delle case e scivolavano sulla finestra della camera di Ciro. Lui però sembrava sordo a tutto, mentre fissava lo schermo del suo telefono con lo sguardo ipnotizzato. Aspettava un messaggio, una notifica, un qualsiasi cenno che cambiasse il finale di quella sera e della sua uscita di scena. Da quel momento Ciro aveva trascorso quasi tutto il tempo a cercare notizie su Sara attraverso i social, ossessivamente. Si odiava per questo.

Non le aveva più scritto ma aveva coltivato in silenzio la sua paranoia nella speranza di stanare segnali di apertura o di rimpianto da parte di lei. I cuori su Instagram, gli status su WhatsApp... Ciro scandagliava ogni dettaglio, nella speranza di trovare un indizio che potesse riaccendere quella fiamma che aveva fatto appena in tempo ad accendersi.

Quella sera di pioggia incessante, mentre cercava come al solito di trovare qualche indizio su dove fosse lei e cosa facesse, Ciro aveva notato una sua storia su

Instagram. Sara sorrideva, in compagnia di un tipo sconosciuto, e sembrava divertita. Di lui non si vedeva altro che un braccio, ma Ciro aveva reagito come se li avesse appena visti scambiarsi un bacio. Un brivido di gelosia gli era corso lungo la schiena, facendogli stringere il telefono con forza.

Cosa gli stava succedendo? Lui non era così, o almeno si era sempre raccontato di *non essere così*. In nessuna delle sue storie fino a lì si era mai sentito così in balia della sua rabbia e della sua insicurezza, nonostante alcune lo avessero messo alla prova, e anche parecchio. Pensava a quando, un paio d'anni prima, la sua ex Giulia, poco dopo essersi lasciati «di comune accordo» – una definizione che non lo aveva mai convinto perché palesemente una delle due parti non è quasi mai «*così* d'accordo» (e in quel caso si trattava di lui) – si era messa con uno dei suoi migliori amici... Era stato un colpo basso per Ciro, una ferita che gli aveva lasciato un senso di tradimento e d'ingiustizia, ma che era riuscito a curare con l'aiuto dei suoi amici, sbronzandosi un po' e soprattutto guardando avanti.

Sì, quella era stata decisamente la sua cicatrice più grande in fatto di relazioni e di amicizie, eppure non gli aveva mai scatenato la gelosia pura che provava ora, quel «mostro dagli occhi verdi» come la definiva Shakespeare in *Otello*. Non che fosse così esperto di drammaturgia inglese, ma ne aveva vista una versione a teatro da poco e gli era rimasto impresso come quella tragedia di diversi secoli prima descrivesse temi tanto attuali, perché cos'era *Otello* se non il racconto di un femminicidio? Rabbrividiva all'idea di soccombere alla gelosia, la considerava una fragilità da combattere perché sapeva che era una pulsione sbagliata e che Sara, come nessun'altra ragazza, non se la meritava, visto che era una persona libera, visto che ognuno aveva il diritto di essere libero.

Non riuscendo a gestire i suoi pensieri, Ciro aveva preso il telefono e chiamato Rolando.

«Frate', devi aiutarmi» aveva esordito Ciro con il tono della voce che tradiva l'ansia che lo tormentava.

«Che succede? C'è di mezzo Sara, avete litigato?» aveva chiesto Rolando preoccupato.

«Per litigarci dovrei prima riparlarci. È peggio... l'ho vista con un altro su Instagram.»

«In che senso?»

«Ha pubblicato una storia. Sta da qualche parte, in qualche bar... e si vede il braccio di questo tipo.»

«Ciro...»

«Che c'è?»

«Il braccio?! Non sai neanche se è uno che sta lì di passaggio, se è un amico...»

«No, no, è come dico io, lo so...»

«E come lo sai?»

«Me lo sento.»

«Ti devi calmare, ne abbiamo già parlato altre volte! Quante volte hai tratto delle conclusioni basandoti sui social e hai sbagliato completamente?»

«E che devo fare, allora? Non posso stare qui impalato mentre lei va avanti con la sua vita!»

«Prima cosa: non esagerare. L'hai vista due volte e

sembra che ti abbia lasciato dopo vent'anni. Lei va avanti, e fa bene. Dovresti farlo anche tu.»

A Ciro il suo amico era sembrato fin troppo brutale. Ma che ne sapeva lui di come si sentiva?

«Non ne ho alcuna intenzione. Io voglio scoprire cosa sarebbe successo se...»

«E allora vai!»

«Vado dove?»

«Da lei, va' a parlarle! Dimostra che ci tieni! Se davvero ti importa di lei, devi lottare nella vita reale, non solo stalkerandola dietro a uno smartphone!»

Non aveva neanche finito di parlare che Ciro aveva già messo giù e s'era buttato addosso il giubbino col cappuccio che lo avrebbe protetto dalla pioggia.

Quella notte, sotto la pioggia scrosciante che assomigliava così tanto al suo stato d'animo, Ciro aveva deciso di seguire il consiglio del suo amico.

Doveva affrontare Sara guardandola negli occhi, capire cosa fosse successo davvero e se c'era ancora una possibilità per loro.

Doveva farlo subito, a costo di sentirsi dire che era stata tutta un'illusione e che loro due sarebbero rimasti per sempre soltanto un'ipotesi.

13

«Tranquillo tu. Io ci sarò sempre.»

Aveva letto il messaggio di Rolando mentre rimetteva il fazzoletto macchiato di rossetto dentro la scatola.

«Meno male che lui c'è» aveva sospirato Ciro guardando Sara.

«Meno male che ho pubblicato quella storia.»

«Sì, ti ho odiato tanto quel giorno.»

«Io anche quelli prima.»

«Però è stato quello il vero inizio, no?»

Sara aveva annuito.

«Forse però è meglio se adesso ti vesti, non pensi?» aveva suggerito lei.

Ciro guardava l'orologio. Mancavano poco più di venti minuti alle undici. Si era alzato controvoglia e aveva recuperato il vestito scuro che stava cercando dall'inizio di quel viaggio nel passato. Alla fine l'aveva indossato in pochi minuti, senza troppa attenzione, solo perché doveva.

«Come sto?» aveva chiesto a Sara.

Gli occhi di lei si erano riempiti di lacrime.

«Sei bello» aveva detto singhiozzando.

Anche Ciro aveva trattenuto a fatica l'emozione.

Si era ricordato della prima volta in cui si era sentito addosso quello sguardo così commosso e pieno d'amore da parte di lei. Nonostante avesse i minuti contati, o forse proprio per quello, aveva avvertito l'urgenza fortissima di rivivere quel momento. Cos'era esattamente, nostalgia o masochismo? Non lo sapeva e preferiva non pensarci, l'unica cosa che gli importava era afferrare ancora una volta quella scatola e cercare l'oggetto che l'avrebbe riportato a rivivere quel ricordo... perché è questo che sanno fare gli oggetti, no? Trasformarsi da materia a emozioni. Lo aveva scoperto crescendo, accumulando pezzi di vita, letteralmente. E il pezzo in questione era tra i più insospettabili: quello che restava dell'impugnatura di un vecchio ombrello...

14

«Non può piovere per sempre» era una frase che in quelle giornate sembrava proiettata in cielo. Di sicuro risuonava in testa a Ciro che considerava *Il Corvo*, il film di culto dal quale era tratta, uno dei suoi preferiti di sempre e che conosceva a memoria. Quella citazione non aveva a che fare solo con la pioggia, naturalmente, ma anche con il suo stato d'animo… sembrava che in cielo qualcuno avesse spento la luce da giorni e allo stesso modo il buio era calato anche nella sua vita.

La pioggia incessante, in ogni caso, con il traffico impazzito e i mille disagi, non gli aveva impedito di andare fino a casa di Sara e, una volta lì, dirigersi con passo deciso nell'androne del suo palazzo: doveva vederla, fosse stato anche per l'ultima volta. Di solito non usava l'ombrello, ma era praticamente impossibile cercare di proteggersi da quelle gocce violente con solo un cappuccio in testa. Aveva afferrato il primo ombrello che aveva trovato in casa senza essersi accorto che era già mezzo rotto; il vento soffiava talmente forte che gli aveva dato il colpo di grazia e ora ciò che gli restava in mano non era che lo scheletro di quell'oggetto. Arrivato davanti ai citofoni del palazzo, Ciro aveva suonato il campanello di Sara. Non sapeva chi gli avrebbe risposto, né con quale tono, ma non gli importava: era pronto a beccarsi un'altra umiliazione, magari proprio da quel tipo arrogante che aveva avuto la maledizione di incontrare l'ultima volta e che forse si era di nuovo fatto strada nel cuore di lei. Era lo stesso, aveva già messo in conto tutto.

«Chi è?» aveva chiesto la voce incerta di Sara.

Lui, senza esitare, aveva risposto: «Sono io, Ciro».

Anche separati da un citofono Ciro aveva avvertito, dopo la pausa che era seguita, il cuore di Sara fermarsi per un momento, e poi accelerare come se volesse recuperare il tempo perduto. Su quell'onda emotiva Sara aveva aperto il portone. «Sali» aveva risposto con un filo di voce.

In un attimo, Ciro aveva spinto il portone che si apriva su un cortile semibuio, illuminato soltanto dalla luce soffusa di qualche finestra lontana. Sara era sbucata dalla penombra dell'androne qualche istante dopo, lo sguardo impaurito ma curioso, mentre le gocce di pioggia le scivolavano lungo il viso.

«Cosa ci fai qui, Ciro?» gli aveva chiesto, cercando di mascherare l'emozione nella voce.

Ciro l'aveva guardata dritto negli occhi, con la pioggia che si confondeva con le lacrime che scendevano dai suoi occhi. «Dobbiamo parlare.»

Senza aspettare una risposta, Ciro era entrato nell'androne, con il portone che alle sue spalle si era chiuso cigolando. Era possibile che, nonostante il buio e il diluvio, qualche curioso si fosse comunque affacciato alla finestra, ma a Ciro non andava di pensare a questo.

«Non vedo cosa ci sia da aggiungere. Abbiamo detto tutto, no?» Sara cercava di mantenere una certa freddezza.

«Ci sono troppe cose che sono rimaste sospese, Sara» aveva risposto lui, la voce carica di emozione. «Siamo rimasti sospesi noi. Non sapremo mai cosa potremo essere se non ci proviamo nemmeno. Magari ci lasceremo perdere lo stesso, però ci avremo provato. Così è come arrendersi prima ancora di giocare una partita.»

Sara lo guardava con un'aria prima scettica e poi vagamente incuriosita. «Cosa stai cercando di dire?»

Lui aveva preso una profonda boccata d'aria e provato a radunare tutte le sue emozioni in un discorso sincero.

«Sto dicendo che non voglio che tu sia solo una parentesi nella mia vita. Voglio che tu sia il mio presente e magari anche il mio futuro. Ho capito che ci sono cose che dobbiamo affrontare, ma sono disposto a farlo. Sono disposto a lottare, a imparare, a crescere. Non voglio perdermi nel nostro primo e unico errore, voglio costruire qualcosa di significativo con te, voglio vivere e superarne altri mille, di errori.»

Sara, ascoltando le sue parole sotto la pioggia battente, aveva notato nei suoi occhi qualcosa che non aveva visto prima: una sincerità disarmante.

«Ciro, è tutto così complicato…»

«Lo so, Sara. Ma ti prego, non farmi dire che le cose più belle sono le più complicate perché questo lo sanno anche i muri. Possiamo darci una possibilità? O almeno decidere di non darcela definitivamente, perché io non ce la faccio più anche solo ad aprire le tue storie di Instagram con il batticuore… non riesco a stare in questo limbo.»

Sara era rimasta in silenzio per un momento, sentendo le gocce di pioggia che le colpivano le spalle. Poi, con un sospiro, aveva concesso: «Forse hai ragione».

Non aveva aggiunto altro ma i suoi occhi si erano riempiti di lacrime molto più leggere di quella pioggia battente, perché sapevano d'amore.

Ciro le aveva afferrato le mani e lentamente si erano avvicinati, ignorando gli sguardi indiscreti dei vicini che li osservavano dall'alto delle loro finestre.

«Noi ce la faremo, te lo prometto» aveva voluto rassicurarla Ciro.

«Non devi prometterlo. Sarà come sarà, ma stavolta senza segreti, senza incomprensioni. Solo noi due.»

«Va bene, allora inizio io: chi era il tipo nella storia?». Si era reso conto di essere stato di nuovo troppo irruente, pentendosene subito. Perché non riusciva a contare almeno fino a cinque, prima di aprire bocca?

«Il fidanzato di una mia amica. Speravo ti facesse ingelosire.»

«Missione compiuta.» Ciro non ricordava da quanto tempo non si sentiva così leggero.

«Continuo io: ho di nuovo casa libera e nessuno può

più mandarmi messaggi.» Sara era tornata audace come la prima volta.

Un sorriso aperto si era finalmente spalancato sul volto di Ciro e così, sotto la pioggia che non smetteva di scendere, avevano lasciato che il recente passato si sciogliesse.

Erano entrati in casa correndo, mano nella mano, pronti a iniziare il vero primo capitolo della loro storia.

La strada davanti a loro era incerta, ma con il calore delle loro mani intrecciate sapevano di poter affrontare qualsiasi tempesta.

Qualche attimo dopo, a letto, avvinghiati sotto le coperte e uno nell'altro, si erano resi conto che il suono di quella pioggia battente che fino a poco prima li aveva angosciati amplificando il loro malessere, ora li cullava e sembrava proteggerli da tutto ciò che era al di fuori di quella stanza.

15

Sara si era messa la scatola vicino all'orecchio. La scuoteva per capire se quello che cercava fosse ancora lì dentro, o forse solo per fare indovinare a Ciro di cosa si trattasse.

«Lo senti? Cosa potrebbe essere?» gli aveva chiesto sorridendo e agitando la scatola.

«Eddai, ti ho già detto che non voglio fare più questo gioco e tu te ne esci con gli indovinelli...»

«Non vorrai impedirmi di ricordare uno dei nostri momenti più passionali, no?»

«Ma non siamo mica in un film! E poi mi sento a disagio a parlare di certe cose, lo sai.»

«Però non mi pare che tu lo sia quando ti trovi sul momento...»

«Ecco, brava. Ci vuole l'atmosfera giusta e questa non mi pare proprio che lo sia, visto che ho la mattina impegnata e l'umore non è altissimo...»

«Va bene, allora ti faccio vedere cos'è... Però tu devi riconoscerlo subito, altrimenti ti becchi la penitenza.»

«… che poi sarebbe già quella che sto vivendo con ‘sta tortura.»

Sara aveva tirato fuori dalla scatola un sasso levigato e piatto, di colore bianco. Sopra ci aveva disegnato con un pennarello un cuore e le iniziali «C+S».

«Vabbè, ma qui siamo ai livelli degli accumulatori seriali, peggio di *Sepolti in casa.* Adesso ho capito perché ti piace così tanto quel programma trash!»

«Sicuro di avere un cuore? Si chiama romanticismo. È vero, sono un po’ fissata e vorrei conservare tutto, ma pensa che bello, quando saranno passati tanti anni, ritrovare tutti questi pezzi di noi. E comunque non hai ancora indovinato.»

«Ok, ok, ci sono. Ischia, la nostra prima estate.»

«Lo vedi che a cercare bene ce l’hai anche tu un cuore?»

«E ti pareva, mi hai fregato anche stavolta…»

16

Stavano insieme da qualche mese e vivevano tutto per la prima volta, anche se l'impressione che avevano era di conoscersi da sempre. Forse era quello che capitava a chi trovava la propria persona: la stessa complicità che si ha con chi si conosce da una vita, unita alla curiosità intatta delle esperienze nuove.

Insieme volevano fare più cose possibili e condividere i reciproci mondi, anche se il tempo sembrava non essere mai abbastanza. L'occasione si era presentata in un weekend di inizio luglio che avevano deciso di trascorrere a Ischia, sarebbe stata la prima volta che dormivano fuori casa. I genitori di Sara non avevano di certo fatto i salti di gioia, ma per convincerli lei aveva invitato Ciro a cena che, tra qualche goffaggine e qualche battuta non sempre riuscita, se l'era cavata molto bene.

La strategia aveva funzionato e i suoi le avevano permesso di partire.

«Che facciamo stasera?» gli aveva chiesto Sara dopo una giornata di mare. Voleva che quei tre giorni non andassero sprecati e quindi cercava di metterci dentro tutto quello che ci stava.

«Di cosa hai bisogno?» le aveva risposto Ciro, disponibile praticamente a qualunque richiesta, complice lo spirito vacanziero.

«Di un'Iqos e un po' di stelle, e tu?»

«Di tequila e un po' di musica.»

«Se unissimo tutti questi bisogni?»

«E come facciamo?»

«Be', non è difficile. Siamo in piena estate e in vacanza, che ci vuole.»

«Offri tu, allora? Un giro di chupito a testa.»

«A me non piace la tequila.»

«E io non fumo l'Iqos...»

«Stiamo cercando un buon compromesso?»

«Come in ogni relazione sana.»

«Alcol e fumo è un sano compromesso.»

«Be', *sano* non direi...»

«In effetti, dottoressa Sara. Cosa facciamo, raggiungiamo i miei amici?»

«Saranno già al secondo giro di drink...»

«Allora ci tocca recuperare.»

Avevano raggiunto gli amici di Ciro in un locale dove andavano tutte le estati, vicino alla spiaggia e con gente della loro età. A Ciro piaceva molto, ma quella sera non gli importava granché di quello che aveva attorno. C'era un livello di complicità diverso tra lui e Sara, una sensualità forse data dai loro corpi abbronzati, dalla vacanza, dalla musica. Bastavano i loro occhi a parlare.

Ballavano intrecciati, i loro corpi si sfioravano come

se il mondo attorno non esistesse, anche se in realtà li guardavano tutti, a partire dagli amici di Ciro che non lo vedevano così preso da mai.

Erano bellissimi, così tanto da fare invidia.

«Baciami forte, cazzo.» Ciro esplodeva di desiderio. Non riusciva neanche a crederci che quella fosse la sua ragazza, non avrebbe distolto lo sguardo da lei per nessun'altra.

«Dillo ancora.»

«Baciami forte.»

«Dillo per sempre.»

«Andiamo a fare il bagno?»

«Non abbiamo il costume...»

«Nemmeno il telo mare, se è per quello. Ma andiamoci lo stesso».

«Colpa della tequila...»

«Facile dare la responsabilità all'alcol, eh?»

«E a chi, sennò?!»

«Penso di avere un tasso di innamoramento più alto di quello alcolemico in questo momento.»

«Hai mai bevuto con una ragazza?»

«Sì, ma *tu sj nata cos*.»

«E dopo ci hai fatto l'amore?» gli aveva chiesto lei, provando quella che si poteva definire «gelosia retroattiva» e della quale si vergognava un po'.

«Sì, ma tu rimani sempre un'altra cosa» l'aveva rassicurata lui. Sembrava la frase più ruffiana da dire ma era ciò che provava realmente.

«Comunque è il turno dell'Iqos e delle stelle.» Sara aveva cercato di spostare l'attenzione sul presente.

«E del bagno senza costume.»

«E senza telo.»

«Avremo modo di riscaldarci.»

«Inizia a far caldo…»

«Molto caldo.»

«Andiamo!»

Ciro l'aveva presa per la mano fino alla spiaggia.

Era buio, ma la luna con il suo riflesso illuminava il mare piatto e accomodante, pronto ad accoglierli e a invitarli dolcemente come le onde che si appoggiano alla riva, come un bimbo sulla spalla della madre quando ha sonno.

Tutto era apparecchiato per un bacio da film, era scritto nelle stelle, che quella sera non si contavano perché erano troppe.

«Non so se ci sono più stelle o lentiggini sulla tua faccia stanotte…»

«Lascia stare le mie lentiggini, sono il mio punto forte. E poi ti informo che adesso vanno molto di moda, ci sono anche i filtri sui social per chi non le ha.»

«Be', a te non servono, tu hai una costellazione di lentiggini.»

Ogni parola era sussurrata, detta a malapena, respirata. Occhi negli occhi, pelle su pelle. Solo loro e quel quadro perfetto.

«Se ti dicessi che ti amo?» A Ciro era uscito d'istinto. Non ci aveva pensato, gli era venuto e basta.

«Non me lo dovresti chiedere» aveva risposto Sara emozionata.

«Ho paura…»

«Di?»
«Tutto questo.»
«Anche a me fa un po' paura.»
«Che fai? Tremi?»
«Ti amo.»
«Anche io.»

Si erano dati un bacio passionale che li aveva spinti a liberarsi dei vestiti e a tuffarsi in acqua. I loro corpi avvinghiati si erano cercati avidamente e ritrovati sotto il cielo più stellato di sempre.

17

«Va bene, questo ricordo valeva decisamente la pena... inizia a fare un po' caldo qui, si è alzata la temperatura di botto» aveva scherzato Ciro.

«Comunque lo sai che noi siamo sempre stati capaci di essere tante cose... amici-fratelli-amanti, praticamente l'idea di relazione perfetta che mi ero sempre immaginata, forse perché i miei li ho sempre visti così, per non parlare poi dei miei libri preferiti... Anche in *Orgoglio e pregiudizio* Elizabeth e Darcy non sono semplicemente due che si amano.»

«Sì, ma sai che io ai romanzi inglesi dell'Ottocento preferisco le commedie romantiche americane...»

«Eh, eccome se lo so! Allora vedi che sei tu a tirar fuori il prossimo ricordo? Aspetta che cerco...» Sara aveva frugato nella scatola per poi pescare il ritaglio di un giornale con una foto di New York.

«Ma che è 'sta roba?» le aveva chiesto Ciro, che proprio non sapeva a cosa si riferisse quel pezzo di carta un po' stropicciato.

«Visto che a New York non ci siamo stati, mi sono

accontentata di una foto per ricordare un certo nostro gioco ambientato lì…»

«Non ci credo, ma come fai ad avere una memoria così?»

«Mi ami anche per questo, no?» gli aveva risposto maliziosa Sara.

18

Era una classica domenica sera invernale. Stavano tornando dal cinema e Ciro con una mano teneva il volante e con l'altra accarezzava la gamba sinistra di Sara. In sottofondo la musica di Geolier, tutti e due avevano la mente già sintonizzata sulle varie seccature della settimana in arrivo. Il film, oltretutto, si era rivelato parecchio noioso e nessuno dei due aveva molta voglia di parlare. Ciro aveva abbassato di colpo il volume della radio.

«No, ti prego, non facciamolo!» se ne era uscito rompendo il silenzio.

«Ma cosa?» Sara non capiva.

«Quelle coppie noiose che sono sedute a tavola o in macchina e non dicono mezza parola... non diventiamo così!»

«Credo sia inevitabile!» Sara rideva.

«Sì, lo so, ma...»

«Ma basta sapersi annoiare, anche i silenzi dicono tanto.»

«Trovi sempre la risposta a tutto, oh!»

«Poi mi stavi accarezzando. Come si dice? Un gesto vale più di mille parole…»

«Bleahh!!» Erano scoppiati a ridere insieme.

«L'ho detto e mi è venuto il diabete» aveva aggiunto lei.

«È solo che io vorrei sempre un amore come quello delle rom-com americane degli anni Duemila.»

«… ambientato a New York.»

«Magari durante il periodo natalizio.» Ciro si stava appassionando sempre di più al tema. Improvvisamente aveva svoltato verso sinistra e si era fermato nel parcheggio di un supermercato deserto.

Sara si era stranita. «Ma che fai? Non vorrai mica ravvivare la serata facendo sesso qui?»

«No?» Ciro rideva a crepapelle. «Sto scherzando, voglio solo fare un gioco.»

«Sentiamo…»

Era sceso dalla macchina e con un cenno aveva chiesto a lei di fare lo stesso.

«Mettiti di fianco a me. Ora facciamo finta che siamo a un semaforo di New York e quando ti dico "verde" tu fai dieci passi e ti fermi, ok?»

«Ok.»

Sara cercava di stargli dietro ma continuava a essere un po' spaesata, anche se incuriosita.

«Pronta?»

«Pronta.»

Erano effettivamente entrati nel loro gioco di ruolo fingendo di essere fermi a uno dei tanti semafori che separano gli isolati di New York.

«Bel cappotto, immagino sia di ottima qualità» aveva attaccato Ciro.

«È italiano, l'ho comprato in una boutique di Manhattan.» Anche Sara sembrava entrare nella parte.

«Complimenti!»

Semaforo verde, dieci passi. Semaforo rosso.

«Dove va di bello?» aveva ripreso Ciro.

«Lavoro, come tutti in questa città. Qui tutti vivono solo per questo» aveva risposto Sara cercando di assumere un'aria distaccata.

«Triste, no?»

«L'abbiamo scelto noi, immagino.»

«Non c'è un attimo di respiro.»

«Qui non si respira per tanti motivi.» Stava diventando difficile non scoppiare a ridere, ma ci tenevano a non interrompere il gioco.

«Dovremmo concederci un po' di spazio per noi stessi» aveva ripreso Ciro recuperando l'aria seriosa del tizio che imitava.

«Mi basterebbero cinque minuti» aveva sospirato Sara.

Semaforo verde, dieci passi. Semaforo rosso.

«Le va di condividerli?»

«Esattamente cosa?»

«Questi cinque minuti di libertà.»

«Non lo so, sono già in ritardo...»

«Siamo tutti sempre in ritardo in questa città. Cinque minuti e basta.»

«Non so...» Sara si era stretta nelle spalle. Se ne fosse stata capace, sarebbe arrossita a comando.

«4:59, 58, 57. Il tempo inizia già a scadere» l'aveva incalzata lui.

«D'accordo, dove andiamo?»

«Conosco una caffetteria qui dietro.»

Semaforo verde.

«Quindi non attraversiamo?»

«No, non attraversiamo. Abbiamo altri tre minuti per berci un caffè.»

Poteva bastare, consideravano il primo tentativo riuscito. Si erano abbracciati ridendo in mezzo a quel parcheggio desolato.

«Amici, fratelli, amanti... e attori» aveva detto Sara.

«Tanto lo so che con te non mi annoierò mai... è proprio impossibile.» Ciro le aveva preso la mano, dirigendosi verso la macchina. «E appena possiamo ti ci porto, a New York.»

19

«Io penso che possa bastare così» aveva sussurrato Ciro, più a se stesso che a Sara.

«Possiamo andare avanti fino a quando non arriva Rolando...»

«Ma possiamo continuare anche dopo.»

«No, lo sai che dopo non puoi.»

«Ma ci sono una marea di oggetti qui dentro e mancano dieci minuti...»

«L'ultimo, ti prego...» lo aveva implorato Sara.

«Va bene, come vuoi...»

Ciro aveva tuffato di nuovo la mano nella scatola. Aveva rovistato un po' fino a trovare un oggetto lungo e sottile... era un test di gravidanza. Sapeva che era una delle memorie più recenti e quindi anche più brucianti. Provava di nuovo quello strano mix di repulsione e attrazione verso le emozioni che lo avrebbero travolto ma, ancor prima di aver preso una decisione, si era già ritrovato immerso nei ricordi.

20

Ciro aveva salito di corsa le scale del loro palazzo facendo due gradini alla volta. Aveva aperto la porta col fiatone e un attimo dopo si era ritrovato davanti a Sara, che lo aspettava sul letto, la testa china sul test di gravidanza che teneva in mano.

«Dimmi che lo hai già fatto!»

Le aveva dato il permesso di non aspettarlo, ma a patto che gli rivelasse il risultato dal vivo e non per telefono. Sara aveva un ritardo di dieci giorni e, visto che di solito era regolare, sapeva che se avesse chiamato il ginecologo la prima cosa che le avrebbe detto sarebbe stata di fare un test.

Stavano attenti, loro due, ammesso che quella frase avesse un senso (più di una coppia di conoscenti, convinti di essere «stati attenti», si erano ritrovati in piacevole compagnia di un neonato). Era da quasi un anno che Sara aveva smesso di prendere la pillola perché le causava forti mal di testa e Ciro l'aveva rassicurata sul fatto che non ci sarebbero stati imprevisti ma, durante quella settimana, ogni volta che lei usciva dal bagno lui la guardava speranzoso, per poi sentirsi dire inevitabilmente «ancora niente».

Sia chiaro, i bambini gli piacevano e un giorno ne avrebbe voluti, sentiva che Sara sarebbe stata una madre perfetta, ma loro erano ancora due giovani con un futuro lavorativo troppo incerto e Sara aveva appena cominciato la specializzazione, perciò lui in effetti scongiurava che quel test fosse negativo. Naturalmente non voleva farlo trapelare troppo e quindi continuava a dirle «andrà tutto bene» senza sapere esattamente cosa intendesse con quelle parole.

«Tranquillo… falso allarme. È negativo.»

«Negativo in questo caso è buono, no?» Era quello che aveva sperato con tutto se stesso di sentirsi dire, eppure una forma di delusione si stava insinuando in lui e, a giudicare dal tono della voce, ancora di più in Sara.

«Non mi dire che non sai la differenza tra esito positivo e negativo… ma non te li ricordi i test per il Covid?» Sara sembrava ostile e indispettita.

«Sì, certo, è che con tutta questa ansia e tutta questa suspence mi sono confuso un po'» si era giustificato lui.

«Be', molto meglio così, no?» aveva rilanciato lei con fare quasi aggressivo.

«Sì… però qualcosa mi dice che non ne sei convinta…» si era permesso di aggiungere lui.

«Razionalmente so che è la migliore notizia possibile, ma una parte nascosta di me – sicuramente incosciente – un po' ci sperava…» Sara si stava lasciando andare.

«Ma amore, noi avremo tutto il tempo per costruire

una famiglia, e possibilmente cercando di programmarlo» l'aveva confortata lui provando a nascondere quella punta di delusione che aveva in circolo.

«E chi ti dice che poi i programmi funzionerebbero? Sai quante persone non riescono ad avere bambini? Magari perché aspettano troppo prima di cercarli? La vita non segue sempre i piani.»

«Sì, ok, ma noi siamo *davvero* in tempo, non abbiamo neanche trent'anni!»

«Per la medicina una donna che partorisce a trent'anni è già "attempata"...»

«E va bene, vorrà dire che ci toccherà applicarci tanto» aveva risposto malizioso Ciro.

«E ti pareva che non la buttavi sul ridere...» Sara non sembrava avere proprio voglia di scherzare.

«Senti, amore mio, se vuoi mi faccio serissimo e ti ridico che la capisco questa specie di delusione che senti, perché la provo anche io... Anche io in questi giorni mi ero già messo, nonostante il panico, a fantasticare sulla nostra vita a tre... ne ero terrorizzato ma anche eccitatissimo. E non voglio diventare uno di quegli uomini che hanno il primo figlio a quarant'anni con la scusa che tanto per i maschi c'è sempre tempo... Voglio avere dei figli da giovane, finché sono in forma e magari ancora un po' bambino pure io...»

«Ecco, quello magari no... mi ci mancherebbe di diventare una di quelle donne che si ritrovano un figlio per marito.»

«Si dà il caso che stessi di nuovo scherzando.»

«Va bene, va bene. Hai ragione, ma mi vergognavo

ad ammetterlo... Quando ho visto il risultato, istintivamente ci sono rimasta male, anche se avrei dovuto fare i salti di gioia. Te l'ho detto, non è razionale.»

«Te l'ho detto, lo capisco. Vieni qua.»

Si erano abbracciati continuando a pensare a quanto quella strisciolina sul test, comparendo, avrebbe rivoluzionato la loro vita...

Più tardi, frastornati com'erano, non avevano nessuna voglia di pensare alla cena ma nemmeno di uscire, perciò avevano deciso di prendersi una pizza d'asporto. Poi, invece di rilassarsi davanti a una serie tv come si erano detti, avevano perso talmente tanto tempo per trovare qualcosa che andasse bene a entrambi, o che riuscisse almeno a catturare la loro attenzione, che alla fine ci avevano rinunciato. Era impossibile, avevano comunque la testa altrove, in un altrove che nemmeno loro sapevano dove fosse.

Forse non riuscivano a smettere di pensare a quella fondamentale «sliding door» che di fatto era rimasta chiusa lasciandoli nella loro vita di sempre, senza grandi scossoni. Gli si era appiccato addosso un senso di vuoto e di sospensione. Esasperati dalla ricerca inutile di un film o di una serie tv – e dall'inquietudine che non volevano ammettere – avevano deciso di andare a letto e concludere quella giornata agitata.

«Ma... se fosse davvero successo? Come l'avremmo chiamato?» Sara aveva interrotto dal nulla la lettura del suo libro, dopo che aveva riletto la stessa frase per tre volte.

«Davvero vuoi fare questo gioco?» Ciro aveva staccato gli occhi dallo smartphone su cui si stava concedendo un po' di sano annichilimento sui social.

«Perché no?»

«Ho paura che abbiamo gusti diversi.»

«Quello è risaputo: chi si prende la pizza würstel e patatine *rossa*?!»

«A me piace così.»

«E a me piace… Africa.»

«Il continente?» Ciro aveva messo giù il telefono, capendo che la conversazione si stava facendo leggermente più impegnativa.

«No, come nome.»

«Ma fai sul serio?»

«C'era una ragazzina quando feci lo scambio culturale con la scuola in Spagna. Si chiamava così, ed era bellissima. La più bella *de la escuela*. Provavo anche un po' di invidia per lei. Aveva solo un unico difetto.»

«Cioè?»

«I capelli. Liscissimi con una riga netta in mezzo.»

«Tipo Morticia?»

«Esatto.»

«Ho capito il genere. Lascia stare, poi diventa antipatica come lei.»

«Ma non lo era.»

«Una con dei capelli del genere per forza lo è.»

«Tocca a te. Dimmi un nome.»

«Non saprei.» Era vero. Si era accorto che né in quelle giornate di «attesa», né in altri momenti ci aveva mai pensato…

«Ti prego, non uscirtene con un nome tipo come quello di tua madre.»

«Che c'è di male nel nome di mia madre?!»

«Ciro, tua madre si chiama Assunta.»

«Ma noi facciamo una cosa più moderna. Susy va bene?»

«Ti prego...»

«Allora niente nome di mamma.»

«Bravo.»

«Facciamo della nonna: Genoveffa!»

«Ciro!!!» Sara gli aveva lanciato addosso il cuscino al quale stava appoggiata per leggere.

«Sto scherzando, dai! Se è maschio però voglio un nome bello, potente.»

«Seh... Achille.»

«Brava, Achille mi piace!»

«E perché non Carlo Magno o Napoleone, già che ci siamo?!»

«No, poi sembra il nome di un pastore tedesco.»

«Perché, Achille invece no?»

«No, forse più di un Labrador.»

«Ho capito, i nomi li sceglierò io.»

«Ma...»

«Non accetto obiezioni.»

«D'accordo, vostro onore.»

«E se sarà maschio si chiamerà Matteo.»

«Come tuo padre?»

«Esatto.»

«E non ho capito. Tuo padre sì e mia madre no?»

«Vuoi mettere Matteo con Assunta?»

«Hai sempre ragione tu.»

«Lo so, amore mio.»

Sembrava che finalmente l'inquietudine di quelle ore si stesse ritirando come fa la marea quando la luna glielo impone. Il sonno probabilmente li avrebbe aiutati a sistemare quell'episodio nel cassetto giusto, insieme al test di gravidanza che Sara aveva già riposto nella scatola dei loro ricordi.

Un paio di mattine dopo Ciro aveva preparato la colazione per Sara con un sorriso misterioso sul viso. Dopo quello che era successo con il «falso allarme» gli si era materializzata un'idea che gli sembrava bellissima e forse un po' megalomane, ma che aveva voluto realizzare a tutti i costi, letteralmente. Aveva dato fondo ai suoi risparmi, riscosso un credito con Rolando, chiesto un piccolo aiuto a sua madre assicurandole che l'occasione era irripetibile e che le avrebbe restituito la cifra fino all'ultimo centesimo. Oramai era fatta, e non avrebbe potuto essere più emozionato di così.

Quella mattina, visto che l'eccitazione era troppa, era sceso prima del solito al bar sotto casa a prendere un cornetto per Sara. A lui non andava e si era limitato a bere il primo caffè della giornata.

Tornato a casa, aveva sistemato la tavola apparecchiando con la tazza preferita di Sara (quella in stile Jane Austen che le avevano regalato le sue amiche per il compleanno) e mettendoci vicino un bigliettino avvolto in un nastro rosso.

«Buongiorno, amore» le aveva detto porgendole un bacio dolce.

«Buongiorno... ma cosa stai combinando?» aveva chiesto Sara, ancora assonnata ma con un sorriso curioso.

«Mi sa che ho una sorpresa...» Ciro le aveva allungato il bigliettino. «Aprilo.»

Sara aveva aperto con occhi scintillanti e letto quello che c'era scritto: «Destinazione: Praga. Io e te... la settimana prossima».

Sara lo aveva guardato incredula.

«Ma... stai scherzando?»

«No, amore mio. Ho pensato che sarebbe stato bello tornarci... stavolta insieme.»

«Io... ti... amo!» aveva scandito Sara e gli era saltata addosso rovesciando caffè e cornetto sul pavimento e costringendo Ciro a un abbraccio goffo e passionale insieme.

I giorni che li separavano dal viaggio erano trascorsi freneticamente per poter sistemare i tanti impegni prima di quella partenza improvvisa.

Solo quando si erano ritrovati sull'aereo si erano davvero resi conto delle emozioni che stavano per vivere.

All'arrivo, l'aria frizzante di Praga li aveva avvolti. Avevano memoria di quel clima, ma non potevano dire di averlo vissuto davvero insieme, la prima volta, perciò conservavano ricordi diversi di quelle giornate, e andava bene così.

Il loro albergo, che Ciro era riuscito a trovare grazie

a un'offerta da bassa stagione, era un affascinante edificio nel cuore della Città Vecchia che li faceva sentire immersi in un racconto di epoche passate.

La prima giornata l'avevano dedicata ai percorsi più turistici perché non è che potessero definirsi così esperti di Praga, anche se Ciro si era fatto dare diverse dritte da Beppe e Rolando che lì avevano lasciato pezzi di vita e di cuore... bastava nominargliela e partivano racconti e consigli a raffica. Così si erano ritrovati sulla piazza della Città Vecchia, dove l'orologio astronomico si stagliava contro il cielo serale. Naturalmente quello era il loro monumento più significativo perché era lì che, in fondo, si erano reincontrati.

«Ricordi la prima volta in cui siamo stati qui?» aveva chiesto Ciro, che non si stancava mai di ripercorrere i loro esordi...

«In realtà, no. Perché non sapevo che c'eri anche tu. Ma ora che ci penso, sì... come potrei dimenticarmi? Era il nostro inizio, dopotutto» aveva risposto Sara, che forse non si rendeva conto di quanto disperatamente Ciro l'avesse cercata durante quel leggendario weekend.

Ciro aveva prenotato la cena in un ristorante da quelle parti dietro suggerimento di Beppe. Era un locale grazioso, piuttosto nascosto e non troppo turistico. A tavola, sorseggiando un bicchiere di vino, aveva alzato il suo bicchiere e proposto un brindisi.

«A noi, al nostro amore e a tutti i nuovi inizi» aveva detto sorridendo a Sara, che si era lasciata convincere a dividere un'intera bottiglia nonostante reggesse a fatica già un primo bicchiere. Lui aveva insistito su come quella fosse una serata troppo speciale per tirarsi indietro.

E in effetti un po' barcollanti, Sara sorretta a braccetto da Ciro, allo scoccare della mezzanotte si erano ritrovati di nuovo davanti all'orologio. Il giro poteva essere sembrato casuale ma non lo era: lui aveva fatto in modo che la loro serata si concludesse lì e, diversamente dalla favola di Cenerentola, a quell'ora le lancette dell'orologio di Praga segnavano l'inizio di un momento indimenticabile per quei due giovani amanti.

«Bello» aveva detto Sara cercando di fingere di non essere alticcia, anche se l'aria praghese e la passeggiata la stavano risvegliando dal torpore del vino.

«Chi, io?» Ciro non perdeva mai occasione per fare ironia.

«L'orologio, cretino.» Sara rideva.

«Anche io, però non sono male, dai.»

«Mi incanto ogni volta a notare tutti i particolari.» Sara cercava di concentrarsi sull'orologio.

«Guardalo bene, mi piace vederti persa nel tuo mondo.»

Aveva fatto un passo indietro mentre lei guardava incantata l'orologio, e si era inginocchiato…

«Ehi…»

«Sì?» aveva detto Sara senza girarsi.

«Voltati.» Non sapeva per quanto tempo sarebbe riuscito a reggere quella posizione.

«Perché?» aveva risposto lei girandosi distrattamente.

«Sei tutto ciò che volevo ma forse non lo sapevo nemmeno io prima di incontrarti. Con te ho conosciuto l'amore, cosa significa sul serio amare. Eri nei miei sogni ma non credevo esistessi davvero. Forse da piccolo ci avevo creduto, sì, ma avevo perso le speranze. Poi sei arrivata tu e ho iniziato a pensare "forse è lei". I giorni passavano e quel "forse" spariva e, ancora, passavano i mesi e quei "è lei" aumentavano sempre di più fino a diventare quasi un'ossessione. Ti guardo mentre ti trucchi allo specchio e là nella mia testa ancora: " È lei". Mentre rifai il letto, o fai il caffè: "È lei". Prendi l'elastico e ti leghi i capelli...»

«... È lei?» gli aveva chiesto Sara con le lacrime agli occhi.

«Sì. Poi ho chiamato il medico di fiducia e mi ha detto che c'era solo una cura a tutto questo.»

«E quale sarebbe?»

«Praga, un orologio e un anello. Mi vuoi sposare?»

«Sì. Sei tu.»

Forse era colpa di quei cartoni della Disney con i quali erano cresciuti, forse del vino, di quella cornice così romantica e di quell'orologio che era stato complice del loro incontro più importante... ma quella sera era avvolta dalla magia.

Chissà quando sarebbero riusciti davvero a sposarsi, chissà quanto tempo sarebbe passato... non importava: forse era l'atmosfera di Praga a metterci lo zampino, ma – visto da lì – tutto sembrava naturale e raggiungibile. Tutto sembrava perfetto.

21

«Contenta di avermi fatto piangere?» le aveva detto Ciro mentre si asciugava una lacrima.

«Non vedo cosa ci sia di male» si era difesa lei, che invece sorrideva.

Ciro la guardava con quell'amore che riservava solo a lei. Il suo telefono aveva vibrato ancora.

«Sono giù.»

Con due sole parole Rolando aveva messo fine all'incantesimo. Il mondo si era fatto di nuovo insopportabilmente pesante mentre Ciro si apprestava a rimettere la scatola sopra l'armadio.

«Aspetta, devi aggiungere l'ultimo» l'aveva fermato Sara.

Ciro la guardava interrogativo ma lei aveva fatto segno verso il comodino del letto, dove ancora giaceva il caffè non più fumante.

Lui si era avvicinato, aveva aperto il cassetto e tirato fuori il biglietto stropicciato di un concerto di un paio di sere prima.

Le mani gli tremavano mentre cercava di riprendere

la scatola. Poi, in un impulso di rabbia e dolore, aveva gettato via quel biglietto, resistendo però alla tentazione di strapparlo. Se davvero quella scatola doveva contenere i pezzi più simbolici della loro storia, quel maledetto pezzo di carta doveva entrarci a pieno titolo.

22

La notte era avvolta dal mistero elettrico di Napoli, illuminata da luci fluorescenti e colori vivaci.

Ciro e Sara camminavano mano nella mano lungo le strade trafficate, guidati dalle note delle canzoni di Liberato che già si facevano sentire in lontananza. L'aria era carica dell'emozione e dell'attesa che quella serata e quel concerto avrebbero riservato a tutta la gente – compresi loro – che si era radunata lì per lo stesso motivo.

Arrivati all'ingresso del locale, però, erano stati bloccati dopo il controllo del biglietto.

«Quale sarebbe il problema?» aveva reagito Ciro infastidito.

«Il QR Code risulta già utilizzato» aveva risposto impassibile lo steward.

«Si può spiegare meglio?» Ciro non credeva alle sue orecchie. Quei biglietti li aveva comprati lui mesi prima sul sito di rivendite ufficiali.

«Qualcuno è già entrato con lo stesso biglietto» aveva ribadito l'uomo.

«Ti ho detto di non pubblicare la foto del biglietto!» si era inserita Sara, che aveva già intuito il casino in atto.

L'addetto al controllo biglietti ridacchiava.

«Che tieni da ridere, scusa?!» Ciro era sempre più nervoso e suscettibile.

«Glielo avranno rubato sicuro da lì il QR Code» gli aveva risposto l'uomo dopo avere sentito Sara.

«Deve sapere, caro signore, che il mio fidanzato è un vero genio…» Sara avrebbe voluto non metterlo in ridicolo, ma la delusione montava.

«Grazie per l'attestato di stima.» Ciro non sapeva se sentirsi più mortificato o un perfetto coglione.

«Questi maledetti social fanno solo danni» aveva incalzato lo steward con una bella uscita da boomer.

«Scusate, ma davvero non si può fare nulla?» Ciro non riusciva a rassegnarsi.

«VI MUOVETE!!!» Intanto, da dietro, la gente in coda si stava spazientendo.

«Aspettate un secondo!» Ciro si era girato sempre più agitato.

«STA INIZIANDO!!!» aveva risposto una ragazza a metà fila. L'atmosfera si stava surriscaldando.

«Mi dispiace, davvero, non saprei come aiutarvi» aveva sentenziato lo steward inamovibile.

«Ora spostatevi di qui che dobbiamo lavorare» intanto un bodyguard si era avvicinato dopo aver sentito quel trambusto.

«Ascoltami bene, *uagliò*» stava replicando Ciro, interrotto in meno che non si dica dalla sua fidanzata.

«Ok, è arrivato il momento di andare, ascolteremo il concerto da fuori» aveva detto Sara a voce abbastanza alta in modo che tutti capissero e tirando Ciro per il braccio.

«Ma come da fuori?» Ciro non credeva alle sue orecchie e faceva segno di tornare indietro.

«Sì, da fuori, tanto ho dimenticato di mettere le lentine e di portare gli occhiali, quindi comunque non l'avrei visto Liberato.» Sara oramai aveva accettato la delusione e voleva solo che il clima tornasse tranquillo.

«Ma fammi almeno parlare!» Ciro insisteva.

«Avanti, muoviti, andiamo via.» Sara lo aveva riacciuffato per il braccio, portandolo nella direzione opposta all'ingresso.

«Ma voglio solo parlargli!»

Sara conosceva perfettamente Ciro, probabilmente dopo sua madre era la persona che lo conosceva meglio al mondo. Sapeva perfettamente che, davanti a un'ingiustizia seppur minima, lui perdeva il controllo. Il suo animo da tenero orsacchiotto era inversamente proporzionale a quello da orso selvaggio, quando si trattava di difendere le sue idee e convinzioni. Ma lei sapeva controllarlo, intravedeva la trasformazione e riusciva a prevenire il tutto, fermandolo sul nascere.

«E ora che facciamo?» aveva detto Ciro con un tono di semidisperazione.

«Lo ascoltiamo da qui. Anzi, ti dirò di più, ci ordiniamo anche da mangiare…»

«… e come?» Ciro stava lentamente ritrovando il sorriso.

«Ordiniamo al Mc su qualche app, ci mettiamo davanti a un palazzo, inseriamo l'indirizzo e…»

«… il rider invece di bussare al citofono trova noi…»

«Vedi che quando ti ci metti d'impegno sei perspicace?»

«Bella mossa.» Ciro stava decisamente ritrovando il buonumore. Lei ci riusciva sempre: come faceva?

«Sicuro meglio della tua di pubblicare la foto del biglietto.» A Sara erano concesse ancora diverse frecciatine, sicuramente anche per i tempi a venire.

Ciro l'aveva abbracciata così forte da quasi stritolarla.

«Mi perdoni?» le aveva chiesto guardandola negli occhi.

«Come faccio a non farlo con questi occhi da orsacchiotto tenero e ingenuo?» gli aveva risposto Sara prendendolo in giro ancora un po'.

«Non dirlo davanti ai miei amici, mi prenderebbero per il culo a vita» l'aveva implorata Ciro.

«Sarà il nostro segreto…» aveva giurato lei incrociando le dita sulle labbra.

Tu me faje ascì pazz'…

Bum. La voce inconfondibile di Liberato si stava diffondendo anche all'esterno.

«La senti?» Sara si era emozionata come fosse stata in prima fila.

«*E fatt ascì pazz a Liberato?* Gli hai fatto perdere la testa pure a lui?»

«A lui?!»

«A me sicuro.»

Intanto il rider era arrivato, Ciro e Sara si erano fatti trovare davanti al primo palazzo utile per inserire un indirizzo di consegna.

Visto che dovevano stare fuori, tanto valeva mettersi «comodi», così ora stavano mangiando le patatine del Mc su un muretto con le gambe incrociate. Davanti a loro il profilo del Vesuvio regalava una vista mozzafiato.

«Ci pensi mai?» aveva esordito Ciro masticando le patatine.

«Odio quando parli mentre mangi, lo sai, mi fa impressione» aveva risposto Sara un po' stizzita.

Ciro aveva bevuto un sorso di Cola per buttare giù il boccone.

«Ci pensi mai?»

«A cosa?»

«A se tutto questo finisse.»

«Perché dovrebbe?»

«Io non ti lascerei mai.» Ciro aveva un tono quasi struggente.

«Questo non puoi saperlo.» Sara ci teneva a riportarlo alla cinica realtà.

«No, decisamente mai» insisteva lui.

«Nemmeno se per una paralisi facciale diventassi così?» Sara aveva fatto una smorfia buffa

«No, neanche così.» Ciro rideva.

«Non ti credo. E se mi facessi crescere i baffi?» Sara si era messa una patatina tra la bocca e il naso.

«Te li raso mentre dormi.»

«Così non vale, devi rispettare il mio volere!»

«Già mi tocca rispettare quel pigiama antisesso di Pocahontas...»

«Cos'hai contro Pocahontas?»

«Cos'ho contro il pigiama, vorrai dire. Quella poverina di Pocahontas non c'entra nulla, già ti deve sopportare mentre russi.»

«Ah, io russo?! Cioè, ma ti sei mai sentito di notte?!» Sara aveva lanciato la patatina addosso a Ciro ridendo.

«Se dormo come faccio a sentimi!» aveva risposto Ciro con la cannuccia in bocca, dalla quale era uscita un po' di Coca-Cola che era finita addosso a Sara.

«Brutto str...»

«Non si dicono le parolacce. È questo che vorresti insegnare ai nostri figli?» Ciro rideva di gusto.

«Mi sto per vendicare, è meglio che inizi a scappare.»

«Ma era pochissima!»

«E va bene, hai vinto tu... *stavolta.*»

«Ascolta, ascolta!» Ciro si era sporto verso il locale.

Qual t'agì incontra nun sappia l'amore

Sara si era avvicinata al petto di Ciro e lo aveva abbracciato.

«Hai vinto alla lotteria, incontrandomi» aveva detto Sara.

«Tieni ragione.» Ciro le aveva dato un bacio e lei aveva scaricato il bicchiere di Cola dietro la sua schiena.

«Str...»

«Ah, niente parolacce abbiamo detto!»

«Meno male che ho una maglia di ricambio in macchina.»

«Solo una?»

«Sì.»

«Bene, la dai a me.»

«Allora metterai quella sporca della palestra. Ho dimenticato la borsa in macchina.»

«Ma sei andato tre giorni fa in palestra, che schifo!»

«Allora significa che la metterò e ti stritolerò forte.»

Ciro ora la stava abbracciando fortissimo da dietro. Lei aveva provato a scansarlo, ma poi erano scoppiati tutti e due a ridere.

«*Damme nu' vase*» l'aveva implorata.

Sara aveva chiuso gli occhi, si era girata, e l'aveva baciato.

Alla fine, potevano dire di essersi gustati il concerto in un modo decisamente alternativo. Un po' di frustrazione era rimasta, ma erano riusciti ad ascoltare quasi tutte le canzoni e a emozionarsi quasi come fossero davanti al palco, soprattutto perché Liberato era il cantante che li metteva più d'accordo e che forse avevano ascoltato di più insieme, di sicuro negli ultimi tempi.

Visto che si erano già concessi il menu del Mc, tanto valeva «chiudere in bellezza» e andarsi a cercare il dolce. Non dover uscire dal locale se non altro gli aveva dato un bel vantaggio sul traffico, quindi erano riusciti in poco tempo a raggiungere il lungomare di Mergellina, dove avevano deciso di fermarsi in uno chalet per gustarsi delle graffe.

Si erano seduti a un tavolino all'aperto e, dopo una lunga trattativa, erano arrivati a un accordo: avrebbero preso due graffe e, se Sara ne avesse lasciata un pezzo come sospettava, la parte avanzata l'avrebbe finita lui, che non ne aveva mai abbastanza.

Ciro si era diretto verso il chiosco per ordinare, la coda per fortuna si stava accorciando in fretta. Già si pregustava quel trionfo di zucchero e squisitezza che gli si scioglieva in bocca.

Mentre studiava il menu appeso che proponeva nuovi gusti e accostamenti, aveva sentito il rombo particolarmente fastidioso di alcuni motorini, ma senza capire da dove arrivassero e comunque ci era abbastanza abituato da non voltarsi: gli sembrava che il tabellone del menu meritasse più attenzione. Allo stesso modo un attimo dopo, dei colpi esplosi all'improvviso non l'avevano turbato più di tanto perché era abituato ai soliti fuochi d'artificio, immancabili in serate vivaci come quella... Quando però il suo sguardo aveva incrociato quello atterrito dell'uomo che stava alla cassa dello chalet, era stato come se una fitta improvvisa lo avesse colpito allo stomaco impedendogli di respirare. Una frazione di secondo in cui il fiato gli era mancato e una maledetta intuizione lo aveva folgorato.

Si era girato di scatto, ma quel movimento, seppur così rapido e istintivo, racchiudeva già in sé tutta la sua disperazione.

Delle grida avevano di colpo riempito quel silenzio improvviso, davanti a lui il vuoto, le persone avevano cercato riparo sotto i tavolini o dietro alle macchine. Ciro si era fatto strada sapendo che il suo verdetto era stato già emesso.

Si era avvicinato con il battito cardiaco impazzito e le tempie che gli pulsavano, percorrendo in pochi passi la distanza più lunga della sua vita: quella che lo separava dal corpo a terra e senza vita di Sara.

23

«Stavolta mi sa che mi ci sono cacciato da solo in questo incubo» aveva detto Ciro innervosito mentre cercava di sistemarsi la cravatta.

«Ma ti riferisci al ricordo o al nodo della cravatta?» gli aveva risposto Sara sorridendo.

«Lasciamo stare... "ricordo" non mi sembra il termine appropriato, opterei più per "inferno in terra"... Basta, non me la metto!» Si era sfilato la cravatta e l'aveva gettata per terra.

«Eppure, una volta non mi avevi detto che tuo padre ti aveva insegnato? Mi sa che non ce la posso fare nemmeno io... hai presente la mia manualità su queste cose.»

Il telefono di Ciro aveva squillato. Rolando lo stava ancora aspettando sotto casa.

«Fa niente, qualcuno mi aiuterà... la metto solo perché sei tu, sia chiaro.»

«Onoratissima, allora!»

«Io mi sa che adesso però devo andare per davvero.» Ciro aveva un filo di voce. Era stremato, non dormiva da non sapeva più quanto, nemmeno le gocce di sonnifero che gli aveva dato sua madre erano servite a fargli prendere sonno. In compenso erano riuscite a ovattargli i sensi, quasi da non percepire più nemmeno se stesso.

«Certo che devi andare, è tutta la mattina che te lo dico...» lo aveva esortato Sara.

«Allora... ciao.» Ciro aveva aperto la porta e si era girato solo per quel saluto, con la mano alzata. Non se ne parlava di abbracciarla: se l'avesse fatto sarebbe stato impossibile staccarsi.

«Andrà tutto bene, vedrai.» Anche Sara aveva alzato la mano.

«Se lo dici tu... ci credo quasi.» Si era chiuso la porta alle spalle ed era uscito, anche se avrebbe voluto nascondersi per sempre.

La vita, dopo

Tredici anni più tardi

«Passi tu a prendere Claudia all'asilo? Ti ricordi che devi passare a firmare il permesso per l'uscita anticipata, vero?»

Aveva letto il messaggio di Chiara mentre era fermo al semaforo.

«Sì, amore, tranquilla. Non succederà come l'ultima volta, quando pensavano che volessi rapirla...»

Il semaforo era diventato verde e le macchine dietro suonavano già all'impazzata.

«Te muovi sì o no? *E jamm ja!*»

Quando aveva alzato lo sguardo dallo schermo, Ciro aveva visto un vigile urbano in moto che gli indicava gentilmente di accostare.

«Lei messaggia spesso mentre guida?»

«Ma ero fermo al semaforo, era rosso» si era giustificato Ciro.

«Poi è diventato verde e mi stava bloccando una strada.» Il vigile non sembrava in vena di concessioni.

«Non esageriamo, per due secondi» aveva replicato Ciro sorridendo. Sapeva che se le sue risposte fossero state anche solo leggermente aggressive l'avrebbe pagata cara, letteralmente.

«Le dovrei togliere i punti dalla patente e fare una multa, lo sa?»

«*Ja mariscià, facit o' bravo...*» Stava decisamente usando la carta del ruffiano e simpaticone.

«Non sono maresciallo.» Come non detto.

«È anche il mio compleanno...» Con questa si giocava il tutto per tutto.

«Auguri, e quindi?» Il tentativo di Ciro era completamente caduto nel vuoto.

«*Me facit* questo regalo. Anzi, doppio: punti tolti e multa. Vi prego...»

«Oggi mi sento buono, quanti anni fate?» Finalmente uno spiraglio.

«Quaranta tondi tondi!»

«Ve li portate bene.» Alla fine ci era riuscito, con un sapiente mix di paraculaggine e simpatia aveva ottenuto la «grazia» dal vigile, che era ripartito con la sua moto.

«Grazie per il complimento» gli aveva urlato mentre sottovoce aggiungeva: «E ringraziando la Madonna che non mi ha messo la multa».

Aveva girato la chiave per rimettere in moto la macchina. Alzando lo sguardo si era imbattuto nella vista del cimitero di Poggioreale. Non passava mai di lì, ora che si era spostato in provincia in zona vesuviana, ma quel giorno per festeggiare il suo compleanno la sua famiglia aveva prenotato il ristorante «delle grandi occasioni» in centro. Ciro aveva provato a opporsi cercando di convincere sua madre e Chiara che non era il caso di festeggiare in pompa magna in un giorno feriale, ma era stata soprattutto la sua compagna a ricordargli che i giorni speciali vanno onorati e che se avessero posticipato non sarebbe stato lo stesso... A quel punto sua madre – neanche a dirlo – ci era andata a nozze e aveva pensato all'organizzazione. Per rendere la giornata ancora più speciale, poi, tutte e due avevano richiesto un dress code adeguato, soprattutto a lui che non indossava mai nemmeno la camicia, figuriamoci la cravatta. E così quella mattina dopo svariati tutorial era riuscito con l'aiuto di Chiara ad annodare il nodo dell'unica cravatta che possedeva e che non si era messo nemmeno il giorno della laurea. Era bordeaux a tinta unita e con il nodo piccolo, di certo non impegnativa, eppure lo faceva sentire vagamente a disagio.

In realtà, la morsa che adesso sentiva allo stomaco e che lo aveva letteralmente pietrificato, non c'entrava niente con il suo abbigliamento. Era come se mille pensieri al secondo gli avessero invaso improvvisamente la testa.

Poi aveva riabbassato lo sguardo e messo in moto l'auto.

Intanto era arrivata la notifica di un altro messaggio:

«Amore, alla fine passo a prendere io Cla', mi sono liberata.»

Aveva rigirato la chiave, questa volta al contrario, per spegnere la macchina. Dopo il fermo imposto dal vigile, era accostata in un punto che si poteva quasi definire parcheggio.

«Vado.» Aveva detto a bassa voce a se stesso.

Aveva aperto la portiera con mano tremolante e, con la lentezza di una nota vocale ascoltata a velocità ridotta, era sceso e si era diretto verso l'ingresso del cimitero. Una volta arrivato al cancello aveva cercato con lo sguardo la portineria del custode per chiedere una semplice informazione.

«Sara...»

«Prego?»

«Sara Salzano, sapete dov'è situata?»

Il custode aveva fatto scivolare l'indice su un librone vecchio e ingiallito, fino a quando non si era fermato. Aveva alzato la testa e detto: «Continua dritto, alla terza traversa la trovi di fronte».

Ciro avanzava con passo lentissimo, sperando quasi che una chiamata improvvisa del lavoro o della compagna lo costringesse a tornare indietro.

Tutto aveva un colore diverso lì, un significato preciso, una nota poetica: il giardiniere che annaffiava le aiuole, i mille colori dei fiori nei vasetti, il sole che si rifletteva sulle piccole pozzanghere dell'asfalto dissestato.

Terza traversa, uno, due, tre passi. Non aveva il coraggio di alzare la testa, in tutto quel tempo non aveva mai avuto la forza di andarci, di trovarsi lì, esattamente dove era adesso.

Ma poi l'aveva fatto, aveva alzato lo sguardo.

«Ciao...» Non appena lo aveva sussurrato le lacrime

avevano cominciato a scendere come se avesse aperto un rubinetto.

«Ciao, Ciro.»

Ciro aveva spalancato gli occhi, arrestando di colpo il pianto.

«Che ci fai qui?»

«Ero di passaggio.»

«Ah, davvero? Mi fa piacere che ti sia fermato, allora.»

Era di nuovo scoppiato in un pianto isterico come un bambino.

«Scusa, scusami» implorava.

«Di cosa?»

«Per non essere mai venuto, non avevo il coraggio.»

«Tranquillo, io avrei fatto lo stesso.»

«Non è vero, eri tu quella coraggiosa tra i due.» E mentre lo diceva un mezzo sorriso si faceva strada nel pianto.

«Auguri! Quaranta, traguardo importante... E che eleganza! Per fortuna che c'era Chiara stavolta ad aiutarti con il nodo... Ti ricordi quel giorno? Io ero ancora più negata di te, e se non ci avesse pensato Rolando quella sarebbe sembrata più una sciarpa che una cravatta. Comunque ti sta benissimo, dovresti metterla più spesso.»

«Già, *quel* giorno... Non so neanche perché non mi sia liberato di quel maledetto vestito, cravatta compresa... Forse perché anche quel funerale fa parte di noi, cioè... è ovvio che sia così, e nonostante sia stato il momento più doloroso della mia stupida vita è stato anche "bello", perché era pieno d'amore per te...»

«Posso ritenermi soddisfatta... Hai presente quando ti immagini il tuo funerale, no? Ok, non pensi mai che sarà così vicino, però sì, ho sentito tanto amore... Adesso però lasciami dire quanto sono fiera di te... Hai realizzato tante cose e hai una famiglia bellissima. Claudia è dolcissima e molto curiosa, mi sembra.»

«Ha un bel caratterino, sai?»

«E hai anche una donna fantastica. Si vede quanto ti ama e quanto ti capisce... Ti sopporta già da diversi anni e mi sembra disposta ad andare avanti per sempre.»

«Sì, ma...»

«Non dirlo, Ciro, non dirlo.»

Aveva fatto un respiro profondo.

«È solo... *diverso*. È un amore diverso. La amo tanto, è la madre di mia figlia e dei nostri futuri figli, che vorremmo. La rispetto, è una donna fantastica, come hai detto tu. Sono felice con lei.»

«E io lo sono per te.»

«Ma tu sei tu.»

«E chi sarei?»

«Sei il più bel sogno della mia vita interrotto così, di botto, improvvisamente. Mi hanno svegliato.»

«Risveglio un po' brusco...»

«Non ne hai idea Sara... Non è giusto.»

«Lo so.»

«Non è giusto che sia finita così. L'ho ripetuto per giorni, tutti i giorni nella mia testa per anni e anni.»

«È la vita.»

«La vita? È stata ingiusta, cazzo!» Lo aveva detto con i denti stretti per la rabbia che riaffiorava. «E se non avessi avuto voglia di graffa, ma di una cazzo di granita? O magari bastava che ci fosse traffico. O semplicemente che non postassi la foto del biglietto... Non ci saremmo ritrovati in mezzo a quell'agguato dove tu da perfetta innocente ci hai rimesso la vita!»

«Oppure... Potresti continuare all'infinito, lo sai?»

«Lo so. Ma tu non dovevi essere lì. È stato il maledettissimo caso!»

«Il caso della vita, non devi tormentarti.»

«Non ci riesco, neanche dopo anni, proprio non ci riesco...»

«Perché?»

«Perché probabilmente non ho mai smesso di amarti.»

«Lo so e, credimi, avrei tanto voluto non fosse così.»

«Perché?»

«Perché ti amo anch'io. E non ce la facevo a vederti stare in quel modo.»

«Devo lasciarti andare?»

«Non ho detto questo, credo sia impossibile...»

«Già...»

«Però accetta.»

«Che cosa?»

«Tutto quello che è successo, io che non ci sono più e tu che hai continuato il tuo viaggio senza di me.»

«Non avevo dubbi che la strada l'avremmo fatta insieme, né che tu saresti stata per sempre la donna della mia vita.»

«Io ora però vado...»

«Per sempre?»

«Sì...»

Con le lacrime che gli solcavano il viso, e mordendosi le labbra, con un filo di voce Ciro era solo riuscito a pronunciare: «Ti amerò per sempre. *Resta cu' me*».

«No, devo andare. Per sempre. Ti amo anch'io.»

Ciro aveva fatto un altro lungo respiro e si era asciugato le lacrime. Aveva raddrizzato le spalle, alzato la testa e si era voltato.

Sara non c'era.

Lui aveva abbozzato un piccolo sorriso e se n'era andato via.

Questo libro è stampato fabbricato da Grafica Veneta S.p.A.
con un processo di stampa e rilegatura certificato 100% carbon neutral
in accordo con PAS 2060 BSI

Finito di stampare nel mese di ottobre 2024
per conto di RCS MediaGroup S.p.A.
da Grafica Veneta S.p.A., Trebaseleghe (PD)
Printed in Italy